Et si je jonglais avec votre tête pour Halloween ?

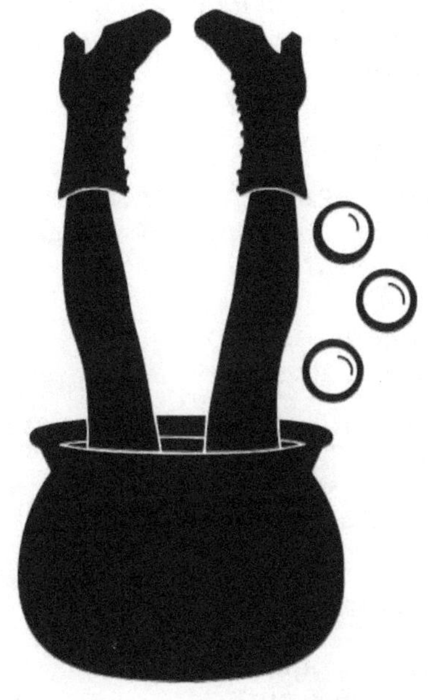

Les enquêtes de Chloé

Comédie policière

DU MÊME AUTEUR

POLARS HUMORISTIQUES – COSY CRIME

◆ LES ENQUÊTES DE CHLOÉ
1. *Et si je vous offrais des coups de pelle pour Noël ?*, 2020.
2. *Et si je jonglais avec votre tête pour Halloween ?*, 2021.
3. *Et si je vous jetais aux requins pour les vacances ?*, 2022.

POLARS HISTORIQUES

◆ LES ENQUÊTES DES COUSINS CLIFFORD
1. *Premières armes*, 2017.
2. *Près du tsar, près de la mort*, 2017.
3. *Voir Venise et mourir*, 2018.
4. *La dame en rouge*, 2018.
5. *L'homme en vert*, 2020.
6. *L'enfant en bleu*, 2021.

◆ WORTHINGTON & SPENCER, DÉTECTIVES PRIVÉS
1. *Sombres secrets*, 2018 (traduction anglaise : *Dark secrets*, 2019).
2. *Esprits tueurs*, 2019.
3. *Exquises miniatures*, 2020.
4. *Furieuse nature*, 2023.

FANTAISIE HISTORIQUE (GASLAMP FANTASY)

◆ UNE PLUME ET DES CROCS
1. *La nuit des loups*, 2022.
2. *L'ivresse du sang*, à paraître.

LIVRES POUR ENFANTS

◆ LES AVENTURES DE LOUIS CLIFFORD
1. *Le mystère de Noël*, 2018.

ROMANS HORS-SÉRIES

La vie dont tu rêvais enfant, roman feel-good, 2019.

OUVRAGES HISTORIQUES

Les droits de la reine. La guerre juridique de Dévolution 1661-1674), 2018.

Et si je jonglais avec votre tête pour Halloween ?

Delphine Montariol

Les enquêtes de Chloé

Comédie policière

*À tous ceux, malades et soignants,
qui luttent contre la maladie,
quelle qu'elle soit.
Courage.*

Chapitre 1.

Il y a des coups de pelle qui se perdent !

Mardi 08 octobre – Temps clair, mais je sens que ça se gâte. Journée correcte, mais ça se gâte aussi.

Je suis campée sur mes deux pieds, bien droite, les bras croisés sur la poitrine, prête à affronter la tempête ! En plus, j'ai mangé une tartiflette, c'est dire si je tiens au vent !

— Non, c'est non, Luc !

Luc, un petit bonhomme brun aux tempes envahies de gris, un rien grassouillet, me fait face, l'air ennuyé, mais obstiné. D'aussi loin que je m'en souvienne, Luc a toujours détesté les disputes. C'est un compagnon joyeux et sympathique, la plupart du temps... Le problème, c'est qu'aujourd'hui fait partie des exceptions...

— Mais Chloé, tu es la seule à pouvoir le faire !

Je baisse mon visage pour me placer bien en face de sa trogne de Monsieur Patate[1].

---

[1] Amies lectrices, amis lecteurs, si vous n'êtes pas encore tout à fait endormis, vous en avez déduit que je suis plus grande que lui ! Oui, avec mes talons, je frôle le mètre quatre-vingt ! Un mètre quatre-vingt pas du tout content en ce moment même !

Comme tous les mardis, la troupe s'est réunie dans les coulisses du petit théâtre où nous présentons nos spectacles. J'aime cette atmosphère tamisée où les décors, les cordages et autres accessoires se mêlent... Cette pénombre apaisante, percée de lumières douces, a toujours porté mon imagination... Oups, je vous prie de bien vouloir m'excuser, je reviens à mes moutons...

— Qu'est-ce que tu n'as pas compris dans « non » ?

— Chloé, je me suis engagé à fournir une sorcière sexy et je fournirai une sorcière sexy !

Oh ! Oh ! Oh ! Môssieur Patate tente l'autorité ! Pas avec moi, couillon !

— Mais qu'à cela ne tienne, mon cher ami, persiflé-je entre mes dents. Tu n'as qu'à t'y coller !

Luc se redresse, choqué par cette idée.

— Ce serait ridicule et contraire au contrat d'engagement ! Monsieur Williams a été très clair sur ce point ! Il a promis à ses convives une sorcière sexy et il l'aura ! Vu les circonstances actuelles, nous ne pouvons pas faire la fine bouche ! Nous avons besoin de ce contrat pour sécuriser nos finances !

— Je ne te dis pas le contraire ! grondé-je. Je dis que c'est un peu facile de me coller le rôle avec culotte apparente et tous mes atouts au balcon !

Luc hausse les épaules. Ce genre de détails lui passe bien au-dessus des oreilles, qu'il a fort basses, il est vrai...

— Ne t'inquiète pas pour ça, Chloé. Tu seras très bien. Tu es encore tout à fait présentable !

Oh, punaise, que quelqu'un me donne une pelle !

Un gros rire joyeux interrompt le soufflon force 8 que je m'apprête à passer au directeur de la troupe, le sus-prénommé Luc, aussi court sur pattes qu'imprudent dans ses commentaires. Le troisième fondateur de la troupe, Serge, me fait un clin d'œil et sourit de toutes ses dents. Avec sa bonhomie naturelle, notre colosse des Antilles a toujours su étouffer dans l'œuf les disputes épiques, que nous avons avec Luc, depuis les tout débuts de notre association...

— Mon bon vieux Luc, tonne-t-il de sa voix de stentor, tu as toujours su parler aux femmes ! Chloé, je suis désolé ma biquette, mais tu vas devoir t'y coller. T'inquiète, t'as un cul en acier avec ton Krav Maga...

Pfff... Comme si c'était un argument ! Marre de toujours me coller les corvées ! Bon, je vais bouder un moment, histoire de marquer le coup !

🕷 ☠ 🕸 🗡

Pendant que je boude, je vais pouvoir éclairer votre lanterne. Je sens que vous êtes un peu déstabilisés par le début de mon histoire. Pour résumer, ceux qui me connaissent[2] savent que je suis une artiste[3]. En revanche, je ne vous ai pas précisé dans quel art... Contrairement à ce que notre conversation précédente pourrait laisser supposer, je ne suis ni gogo danseuse, ni strip-teaseuse... Je suis actrice[4] et j'appartiens à la troupe « Shakespeare en pire »[5], que j'ai fondée il y a vingt ans avec Luc et Serge. Nous nous sommes rencontrés pendant nos études et nous sommes vite devenus inséparables. Serge a pris

---

[2] C'est-à-dire ceux qui ont lu ma première enquête « Et si je vous offrais des coups de pelle pour Noël ? », les autres, qu'est-ce que vous attendez ?

[3] Du coup de pelle, certes, mais j'ai d'autres talents !

[4] Non, c'est pas pareil !

[5] Oui, je sais, ça nous avait fait rire à la sortie de l'école d'art dramatique. Nous n'avions pas imaginé que nous ferions encore partie de cette troupe vingt ans plus tard ! Bon, bref !

l'habitude de m'appeler « biquette » à cette époque-là, car je fonçais tout le temps tête baissée[6]... Concernant le « cul en acier », il ne faut pas vous étonner de ce genre de familiarités. Après vingt ans passés à partager des loges plus ou moins exiguës et, surtout, plus ou moins mixtes, nos corps respectifs n'ont plus aucun secret les uns pour les autres. Bienvenue dans la vie merveilleuse d'une petite troupe de province !

🕷 ☠ 🕸 🗡

Après avoir boudé un temps raisonnable pour marquer mon mécontentement, je m'intéresse à l'épouvantable costume préparé à mon intention par Muriel, notre costumière-coiffeuse-maquilleuse-régisseuse et parfois metteuse en scène... Fichtre, sans Muriel, nous ne pourrions rien faire ! Cette petite bonne femme rousse, aussi sèche que vive, est notre maman de tournée. Bien qu'elle n'ait que six ans de plus que moi, c'est-à-dire qu'elle frôle la cinquantaine, elle a décidé, dès son entrée dans la troupe, qu'elle serait l'épaule compatissante sur laquelle nous épancherions toutes nos misères. Il faut des volontaires pour ce genre de besogne !

— Mumu ! m'indigné-je. C'est pas possible ! On voit ma culotte !

Muriel se rapproche et scrute mon tanga d'un œil expert.

— C'est vrai, constate-t-elle en toute bonne foi. Il faudra que tu portes une culotte noire.

Fin du débat. Merci Muriel !

Je tire sur la robe pour cacher le bas de ma personne

---

[6] On ne peut pas dire que cela ait changé...

mais, du coup, c'est le haut qui apparaît ! Franchement, j'ai passé l'âge de montrer mes fesses et mes seins[7] !

J'observe mon apparence dans une psyché vieillissante. La robe noire de la sorcière est scandaleusement courte sur le devant, découvrant des bas résille du pire effet et un porte-jarretelles violet de mauvais goût. La perfection en termes d'élégance... La robe est certes un peu plus longue sur l'arrière, mais le port du shorty sera obligatoire. Je soupire avec force et fais une moue peu enthousiaste. Inquiète, Muriel inspecte mon décolleté.

— Je vois le problème, acquiesce-t-elle.

Oui, moi aussi ! Je suis si serrée dans ce maudit costume que mes seins menacent de jaillir de leurs cachettes au moindre mouvement ! Muriel délace les lacets dans mon dos (ouf, un peu d'air !) et tire comme une forcenée, me comprimant encore davantage dans le corset.

— Ça va pas ? C'est trop serré ! ralé-je.

Muriel ne m'écoute pas et fixe le tout au moyen d'un nœud savant indénouable !

— Désolée, Chloé, mais le contrat est strict ! Le client exige une sorcière sexy, il aura une sorcière sexy ! En revanche, si tu crois que tu seras la seule à râler contre ton costume, tu te trompes ! Solidarité féminine, ma grande !

Elle tapote son nez et un sourire flamboyant égaye son visage. Du coup, je suis intriguée... En quoi a-t-elle transformé les autres membres de la troupe ?

— Muriel ! hurle Luc.

---

[7] Petite précision : n'allez pas imaginer que je me promenais toute nue dans ma jeunesse ! Disons que je n'ai jamais eu pour habitude d'exposer mon corps... à l'exception notable de quelques rôles... fort rares...

Ah... Vengeance ! Merci Muriel !

Je me précipite, frétillante, à la suite de notre costumière-etc... et je manque me déboîter la mâchoire à la vue de Luc en satyre velu. Monsieur Patate en vieux bouc dénudé, cela vaut le coup d'œil. J'éclate d'un rire dévastateur me rappelant, mais un peu tard, que ma tenue ne me permet pas de rire aux éclats... sous peine d'éclater elle-même. Ce qui devait arriver arriva et j'entends un grand crac dans mon dos : le corset a lâché. Tant pis, je continue à rire et Serge surgit soudain dans mon champ de vision déguisé en créature de Frankenstein[8] ! Sa belle gueule est camouflée sous un masque en latex verdâtre du pire effet, qui peine à cacher son air déconfit. Le regard désespéré qu'il me lance me fait dire qu'il n'apprécie pas plus que moi son costume ! Je sens le rire se transformer en un fou rire un peu dément, quand la dernière recrue de la troupe arrive ! Cyrielle, une jeune femme blonde et pulpeuse débarque en... C'est quoi ça ? Elle a une espèce de serpillière sur la tête qui lui dégouline dessus, alors que son corps est pris dans une robe bleuâtre se terminant en une queue reptilienne. Une sirène zombie ? Sa mine déconfite est la goutte d'eau ! Je pleure de rire, Muriel aussi, ainsi que tous les autres. Faut-il que nous ayons besoin de sous pour nous soumettre à ce genre de cruautés !

Après quelques instants de pure folie joyeuse, je m'approche de notre satyre dodu et réprime un hoquet à la vue de son gros bidon tout poilu.

— Quel genre de contrat nous as-tu encore trouvé ? parviens-je à articuler.

---

[8] Vous savez le pas-beau tout couturé !

— Je te l'ai dit. Un week-end mystère dans un château en Dordogne pour Halloween !

— Mais qu'est-ce que c'est que ces déguisements ? La sorcière, je veux bien, mais les autres ?

Luc se redresse, oubliant pour un instant son accoutrement.

— Je suis un satyre, Cyrielle une gorgone et Serge la créature de Frankenstein... C'est le client qui a défini les costumes... et le scénario...

Je glisse un œil vers Serge. Créature certes couturée, mais toujours aussi spectaculaire notre colosse.

— Une sorcière sexy, un satyre, une créature et une gorgone ? Punaise, Shakespeare va se retourner dans sa tombe... remarqué-je.

Serge lève les yeux au ciel en signe d'assentiment. J'ai bien peur que nous n'ayons guère fait honneur à Shakespeare depuis la fondation de cette troupe...

— Et le scénario nous sera fourni sur place ? dis-je.

— Oui, confirme Luc. D'après le client, c'est le clou de la saison touristique. Les revenus de ce week-end de spectacles et d'enquêtes équivalent à un trimestre de chiffre d'affaires pour lui, c'est pourquoi il est très strict avec les troupes qu'il engage.

— Les troupes ? interroge Serge.

— Oui, nous serons deux troupes à nous partager les rôles. Le château est grand et les participants sont nombreux...

J'échange un regard avec Serge. Nous ne sommes guère convaincus par cet engagement, mais avons-nous le choix ? Les contrats se font rares en ce moment et nous n'avons pas les moyens de refuser. Je hausse les épaules... Nous verrons bien !

près la réunion, je fonce dans ma Twingo jaune[9] vers les écoles des enfants. Phiphi, mon blondinet préféré, est désormais âgé de huit ans[10]. Il est strict et donneur de leçons comme son papa[11]... Cloclo[12], ma choupie d'amour de cinq ans, est aussi châtain que sa maman et beaucoup moins stricte que son frère et son père... Elle rêve, joue, s'amuse et profite de la vie[13]... J'ai donc chargé ma progéniture dans mon carrosse[14] et je rejoins la maison au rythme d'une cagouille arthritique[15], coincée comme tous les jours dans les embouteillages. J'en profite pour écouter de la musique zen, ça me détend. Je pense à mes séances de méditation, au vide, à l'immuabilité de la montagne face aux aléas météorologiques...

— Maman ! couine Philippe.

Pfff... Ça m'aurait étonnée !

---

[9] Oui, oui, toujours la même !

[10] Philippe pour les puristes. Pour ceux qui se demanderaient, oui, il s'est bien remis de ses mésaventures avec un Père Noël peu fréquentable...

[11] Ça promet... J'avais déjà un grand casse-pieds sur le dos, inutile d'en ajouter un autre ! « Maman, il ne faut pas dire ce mot ! », « Maman, c'est grossier ! », « Maman, nous sommes en retard ! »... Pfff... Faites des gosses, ils vous casseront les pieds ! Ah oui, j'oubliais de vous préciser : ici, on est dans ma tête et, ici, le politiquement correct n'a pas lieu de citer !

[12] Clotilde, toujours pour les puristes.

[13] C'est bien, ma fille. Maman est fière de toi ! Jamais de remarques désobligeantes, pas un mot plus haut que l'autre, du sucre cette gosse ! Oui, c'est ma choupie à moi ! Bon, je vous rassure, j'adooooore mon Phiphi, mais s'il pouvait éviter de faire le mini Pierre-Marie, cela m'arrangerait beaucoup !

[14] Deuxième précision : comme je raconte moi-même mon histoire - on n'est jamais mieux servi que par soi-même - dans le texte non plus ce n'est pas politiquement correct !

[15] Oui, parfaitement, les escargots peuvent avoir de l'arthrite ! Où je l'ai lu ? Nulle part, mais je trouve l'expression amusante et c'est moi qui raconte ! Alors chut !

— Oui, mon chéri, m'intéressé-je.

— Ça veut dire quoi « être habillé comme un sac » ?

Voilà autre chose… Je glisse un œil dans le rétroviseur vers la bouille de mon blondinet. Où a-t-il entendu cette expression ? Certes, le vocabulaire est correct, mais il n'en demeure pas moins que l'expression n'a rien de gentil…

— Cela veut dire que l'on est mal habillé… Ce n'est pas très gentil, donc évite de l'utiliser, tu pourrais faire de la peine aux gens.

Philippe me regarde, lui aussi, à travers le rétroviseur. Il me fait un signe de tête indiquant qu'il a compris… Étrange tout de même, l'expression est trop vieillotte pour qu'il ait pu l'entendre à l'école, alors où ? La route se libère devant mon bolide jaune et je fonce pour profiter de l'aubaine ! À moi la maison, le goûter, le bain, le repas… Pfff, je devrais rester dans ma Twingo…

🕷 ☠ 🕸 🗡

Ouf, enfin un moment de tranquillité ! Les enfants sont couchés, Patouffe mon chien - durement gagné au nez et à la barbe de Môssieur Pierre-Marie Martin du Desclin, mon époux - dort au pied du canapé, pendant que je consulte mes mails. Je pianote en attendant que mon cher et tendre[16] rentre de son travail. Je consulte l'horloge. 22h28… C'est de pire en pire. Pierre-Marie a beau m'expliquer qu'on lui a confié un gros projet, je trouve inadmissible qu'il soit obligé de faire tant d'heures supplémentaires[17]. Pfff, de toute façon, à chaque fois

---

[16] Ou pas…

[17] Intégralement non payées, puisqu'il est cadre au forfait… Tu

que j'aborde la question, il sort de ses gonds et me submerge de toute sa supériorité d'ingénieur en chef...

J'y pense, j'ai oublié de vous présenter mon mari. Comment vous le décrire ? Le fantasme des belles-mères. Grand, athlétique, blond, yeux marron, ingénieur (en chef), issu d'une famille noble - des fins de race complètement dégénérés -, les Martin du Desclin - nom parfait, s'il en est -, froid, distant, cassant, de plus en plus casse-pieds... Ah pardon, j'étais supposée vous présenter le prince charmant et le tableau a quelque peu dévié vers la fin. Bref, bilan des courses : dix-huit ans de vie commune, seize ans de mariage, deux enfants, un chien et une Chloé seule sur son canapé tous les soirs...

Caroline - Caro pour les intimes -, ma meilleure amie, soutient que mon mari me trompe... Pour ma part, je ne le pense pas. Je crois - ou j'espère... ou j'ose espérer - qu'il travaille dur et que je peux encore compter sur lui. En revanche, je ne me fais aucune illusion. Notre relation s'est dégradée depuis la catastrophe du Noël d'il y a trois ans. Les ponts sont rompus avec ses sœurs et, comme de bien entendu, j'ai été désignée comme la grande responsable de la rupture[18]. Tant pis, je suis enfin débarrassée des Martin du Desclin et c'est une telle bénédiction que j'accepte avec joie d'endosser toutes les responsabilités qu'ils veulent ! Quinze ans ! Ils m'ont pourri Noël pendant quinze ans ! Quelle plaie que ces nuisibles !

Une clé tourne dans la porte. Enfin... Pierre-Marie

---

parles d'une arnaque !

[18] C'est tellement pratique d'avoir une chèvre émissaire (oui, je ne suis pas un bouc ! Pour le bouc, faut voir avec Luc... Hi hi hi, j'aurais dû prendre une photo...).

entre dans le salon quelques instants plus tard. Il sourit. Il a l'air content de lui...

— Coucou, chéri, m'enthousiasmé-je. Tu as passé une bonne journée ?

Il me fixe un instant d'un air peu amène, puis se reprend et ébauche un sourire forcé... Est-ce que ma vue lui est devenue si désagréable ?

— Beaucoup de boulot, comme d'habitude. Et toi ?

Bon... Pour la chaleur, on repassera...

— J'ai eu une réunion avec Luc et Serge...

Il baille, avant de sortir son téléphone... Bien... On va essayer autre chose...

— Pour notre prochain contrat, je dois montrer mes fesses et mes seins à tous ceux qui voudront bien regarder...

Il fixe son écran et répond d'un ton distant :

— C'est bien, original...

OK[19]... Houston, on a un problème ! Je vais peut-être reconsidérer l'hypothèse de Caro... Et si j'étais aussi cocue que le Montespan[20] ? Elle commence bien cette histoire ! Nous sommes à peine à la fin du premier chapitre et j'en ai déjà marre... Vous êtes prêts pour la suite de mes (més)aventures ? Moi non !

-----

[19] OK signifie « zéro mort » originellement, mais là, je crois qu'on va en déplorer un sous peu... Elle est où ma pelle ?

[20] Un cocu magnifique, peut-être l'un des plus grands de l'histoire mondiale : Louis-Henri de Pardaillan de Gondrin, Marquis de Montespan, l'époux de la favorite de Louis XIV. Gascon têtu et peu satisfait de son statut d'époux cocufié par le roi de France, il orna son carrosse de deux cornes gigantesques pour que nul n'ignorât sa qualité. J'aime la flamboyance de cet homme... Je vais réfléchir pour ma Twingo...

Chapitre 2

En route pour de nouvelles aventures !

Jeudi 29 octobre – Temps orageux. Voyage heureux.

Houston, on a vraiment un problème. Alors que j'avais prévenu Pierre-Marie de l'absolue nécessité qu'il prenne le relais avec les enfants d'aujourd'hui à lundi matin, il a feint de découvrir ce matin, en partant au bureau, qu'il devrait prendre soin des choupis. Bien évidemment, j'ai eu droit à la grande scène de la briseuse de carrière mais, cette fois-ci, je n'ai pas été actrice de la scène, mais spectatrice. Ce détachement tout professionnel m'a quelque peu décontenancée. D'habitude, je monte sur mes grands chevaux[21], je râle, renâcle, je rouspète, je furibonde[22] ! Et, là, rien... Je me suis assise et je l'ai observé. Son regard en coin, sa colère, sa mauvaise foi... Bref, je crois que l'idée de Caro a fait un peu trop de chemin dans mon esprit et il faut que je me l'ôte de la tête ! Je vais avoir l'air fine si, comme je le suppose,

---

[21] Oui, j'en ai plusieurs !

[22] Oui, du verbe « furibonder ». Je suis dans ma tête, je fais ce que je veux, y compris inventer des nouveaux mots.

Caro se met le doigt dans l'œil jusqu'au coude au sujet d'une liaison extraconjugale[23] de mon époux. Pour le coup, là, je mériterais ma grande scène du mari injustement soupçonné ! Bref, j'ai appelé en catastrophe mes parents à la rescousse et ils s'occuperont des enfants ce week-end.

Je peux donc me concentrer sur mon rôle[24]. Pour le moment, je dois avouer que je n'ai pas beaucoup d'éléments, puisque notre fameux client ne nous a toujours pas envoyé le scénario de son week-end thématique... La seule précision qu'il ait daigné fournir à Luc est que nous serons des personnages de fiction (oh !!! Je croyais que la sorcière sexy était un personnage historique !) et que nous serons assignés à des places déterminées dans le château, où nous devrons donner des indices aux participants qui réussiront à nous trouver... En résumé : nous allons attendre dans des coins paumés du château que des couillons daignent venir jusqu'à nous, pour que nous leur susurrions une ou deux phrases sibyllines à l'oreille et qu'ils poursuivent leur enquête. Niveau de jeu d'acteur : zéro ! Autant vous dire que cette information n'a pas déclenché l'enthousiasme de la troupe, c'est le moins que l'on puisse dire[25]. Ce contrat ressemble de plus en plus à une galère sans nom, où nous allons passer le week-end à nous geler dans des couloirs plus ou moins venteux, en attendant que cela finisse. Seul point positif : le cachet. Le sieur Williams

---

[23] Ça en jette cette expression, ça fait sérieux... C'est mieux qu' « avoir une maîtresse », « courir la gueuse » ou « le guilledou »...

[24] La sorcière sexy, vous vous souvenez quand même !

[25] « C'est quoi cette merde ? » a tonné Serge, pour résumer la pensée du groupe...

sait comment manier les troubadours[26] ! Bref, vous l'aurez compris, nous sommes une fois de plus loin de Shakespeare[27] !

— Vous croyez que je vais y arriver ? s'inquiète Cyrielle.

Je me tourne vers elle et l'observe en voisine de banquette arrière de notre van de tournée[28]...

— Arriver à quoi ? m'intéressé-je.

— À interpréter mon rôle !

Je réfléchis... Est-ce qu'une petite blonde pulpeuse, pour ne pas dire grassouillette, peut interpréter de façon convaincante une gorgone ? Concentrons-nous, une compagne d'infortune a besoin de conseils...

— Cela dépendra de l'intensité que tu mettras dans ton jeu, réponds-je doctement. As-tu réfléchi aux motivations de ton personnage ?

Cyrielle a de grands yeux ronds comme des billes.

— Mais, c'est un monstre ! tente-t-elle.

— Cela ne t'empêche pas de faire ton boulot correctement, tranché-je un peu sournoisement[29]. Est-ce que cette gorgone a toujours été un monstre ? Est-elle née ainsi ou l'est-elle devenue ? Dans ce cas, comment ? Si elle a été transformée en gorgone, a-t-elle l'ambition ou l'espoir de redevenir un simple... je ne sais pas moi... serpent ? Il faut que tu creuses ton personnage. Tu dois incarner, c'est-à-dire que ton corps n'est que le réceptacle d'une autre personnalité.

---

[26] J'espère qu'il nous a versé une grosse avance !

[27] Finalement, « Shakespeare en pire », ce n'est pas si mal comme nom de troupe...

[28] Vous savez le genre de véhicule improbable comme la *Mystery Machine* de Scoubidou... Les fleurs psychédéliques en moins... et les fantômes aussi... Enfin, j'espère !

[29] D'accord, c'est complétement sournois mais, avec une question pareille, qu'est-ce que vous voulez que je réponde ?

Tu dois laisser de la place à ton personnage.

Devant nous, Luc acquiesce avec sérieux, pendant que Serge est animé de soubresauts frénétiques qu'il tente de contrôler en se cramponnant au volant.

Ébaubie, Cyrielle me regarde la bouche ouverte de stupéfaction.

— Mais c'est une catastrophe, gémit-elle. Je ne me suis pas du tout préparée comme il faut. Je vais être nulle. Il nous faut absolument avoir des renseignements sur nos personnages avant demain.

— Nous rencontrons Monsieur Henry Williams ce soir, avant l'arrivée des participants, répond Luc avec obligeance. Cela nous laissera le temps de lui poser les questions nécessaires à l'exercice de notre art.

Ce qu'il y a de magnifique avec Luc, c'est qu'il ne comprend jamais le deuxième degré. Je suis persuadée qu'il a pris ma tirade pour les conseils avisés d'une actrice chevronnée à une jeune consœur moins expérimentée.

En revanche, Serge comprend très bien le deuxième degré, ce qui explique son hilarité contenue et la souffrance manifeste qu'il ressent à la dissimuler.

Pendant ce temps, Muriel dort, comme à son habitude, dans le siège isolé à l'arrière du van, au milieu des valises, des costumes et autres accessoires que nous emportons partout avec nous. Au fil du temps, nous avons ajouté à la liste des indispensables aux tournées un nombre affolant d'ustensiles. C'est certes encombrant mais, au moins, nous sommes certains de ne plus dormir à la belle étoile (ça nous est déjà arrivé), d'avoir de quoi cuisiner (nous nous sommes déjà retrouvés sans rien au milieu de nulle part à manger des baies sauvages, qui nous ont donné une colique frénétique quelques heures plus tard, au moment précis où nous devions entrer en scène...) et à pouvoir nous laver (au bout d'une semaine, tout le monde peut avoir des dreadlocks très convaincantes, y compris Bibi). Ce van est peut-être laid et lent, mais c'est notre deuxième maison ! Nous l'aimons d'amour, c'est le sixième membre de la troupe ! Heureusement, nous sommes à moins de deux heures de route de la Dordogne, ce qui rend le voyage d'autant plus joyeux !

🕷 ☠ 🕸 🗡

À l'arrivée, je suis agréablement surprise. Le château de style médiéval est très beau, bien entretenu et, pour tout dire, assez impressionnant. La pierre prend sous les rayons du soleil d'automne des teintes mordorées sublimes. Le chemin de ronde à son sommet paraît encore abriter des sentinelles ancestrales, prêtes à surgir d'un instant à l'autre de derrière les créneaux. La forteresse est entourée d'un vaste bois aux couleurs flamboyantes, lui-même ceinturé de hautes murailles, le tout dans un état d'entretien assez exceptionnel... L'ensemble est une merveille comme la France en abrite tant. Somme toute, notre séjour sera peut-être mémorable... Tout du moins, cela nous change des vieux théâtres pourris en sous-sols ou situés dans des coins de plus en plus miteux des centres-villes.

— C'est magnifique ! s'enthousiasme Cyrielle à côté de moi alors que je profite de la vue.

— Oui, acquiescé-je. Rien que pour le panorama, cela valait le déplacement.

— Merci pour le compliment, Madame !

Je me retourne et tombe nez à nez avec un monsieur élégant, qui avance soutenu par une canne en bois.

Distingué mais à l'œil canaille, je comprends que j'ai affaire à notre client, Monsieur Henry Williams, l'homme qui exige par contrat d'avoir une sorcière sexy dans la troupe... Il fonce vers Cyrielle (chair fraîche) en me jetant à peine un coup d'œil (sorcière faisandée).

— Bienvenue ma chère, s'adresse-t-il à notre blondinette. Je suppose que vous êtes la sorcière sexy ?

— Non, Monsieur, je suis la gorgone ! s'anime Cyrielle. À ce propos, j'ai de nombreuses questions à vous poser sur mon personnage !

Il paraît décontenancé par la nouvelle et glisse vers moi un regard peu convaincu. Une moue désapprobatrice apparaît sur son visage ridé à la vue de mon pull à col roulé et de mon jean épais.

Une main se pose sur mon épaule. Je suis si habituée au contact de mes camarades que je sais qui se tient derrière moi.

— Tu comprends pourquoi j'ai insisté pour que tu sois notre sorcière sexy, commente Luc.

— Tu aurais pu me dire que notre client était un vieux vicieux adepte des jeunes femmes, j'aurais compris ! m'indigné-je.

— Certes, mais c'était tellement drôle de te voir râler !

Grrr.... Je me retourne et fusille Luc du regard. Toi, mon coco, je saurai te rendre la monnaie de ta pièce !

— Donc pour éviter que Cyrielle ne soit poursuivie partout par des mains baladeuses, c'est moi qui expose mes atouts à la convoitise...

— Oui, non seulement tu sauras tenir les importuns à distance, mais encore tu ne tenteras pas notre client ! T'es trop vieille ! commente-t-il avec un large sourire...

Punaise... J'ai envie de le taper mais, d'un autre côté, il est si fier de lui que je ris.

— Qu'est-ce que tu veux, biquette, dans une troupe, on veille les uns sur les autres !

Sur cette sentence de Serge, qui ne s'éloigne jamais beaucoup, nous prenons nos affaires et suivons notre client, déjà submergé par les questions fleuves de notre blondinette. Bien fait !

🕷 ☠ 🕸 🗡

Notre gorgone a éreinté Monsieur Williams, qui va avoir besoin d'une pause avec les blondes après ce traitement de choc. Cyrielle est très déçue par son entretien avec le client. D'après elle, il n'a aucun renseignement de valeur à lui fournir au sujet du passé de la gorgone ou sur ses motivations.

— Je vais devoir improviser et ce n'est pas ce que je préfère ! ronchonne-t-elle alors que nous regagnons notre van.

— Puisque le client n'a pas réfléchi à ce genre de détails, tu n'as qu'à créer toi-même ton personnage et le rendre cohérent.

Elle hoche la tête, concentrée sur cette nouvelle tâche. Quand nous avons intégré Cyrielle dans la troupe il y a deux ans, elle n'était certes pas l'actrice la plus compétente de celles que nous avions auditionnées. En revanche, elle était de très loin la plus appliquée et la plus sérieuse. Avec elle, nous étions sûrs de ne pas avoir de problèmes de retard, de défauts d'apprentissage de textes ou de difficultés d'ego à gérer. Depuis lors, elle ne nous a jamais déçus. Elle est toujours à l'heure aux répétitions, elle connaît son texte et celui des autres, elle est d'humeur égale et prête au travail. En vérité, notre blondinette a beaucoup de qualités. Je suppose qu'il n'a pas été simple pour elle de trouver sa place à côté du trio fondateur de la troupe. Nous nous connaissons tellement tous les trois, que nous n'avons pas besoin de parler pour échanger nos points de vue ou d'autres informations. Cyrielle a bien du courage et de la constance pour nous supporter, mais elle sait aussi qu'elle peut compter sur nous. Elle est un peu naïve, mais pas stupide.

— Je suis bien contente d'être la gorgone, remarque-t-elle.

Tiens, qu'est-ce que je vous disais.

— Pourquoi ?

Elle se tourne vers moi et me fixe de ses grands yeux bleus innocents.

— Si le client ou l'un des convives a les mains baladeuses, tu ne te laisseras pas faire, n'est-ce pas Chloé ?

Je souris.

— Non, je ne me laisserai pas faire.

— Je vais dire à Serge et à Luc de faire attention à toi !

— Merci, Cyrielle.

— C'est normal ! Dans une troupe, on veille les uns sur les autres !

— Serge ! Sors de ce corps !

Elle éclate de rire et nous rejoignons notre famille artistique !

Quand Luc nous apprend que nous ne logeons pas au château mais dans un coin isolé du parc, je suis à peine surprise. Pourquoi attribuer des chambres - tout à fait louables - à des saltimbanques qui peuvent bien dormir dehors ?

Heureusement, nous avons l'habitude. Il y a quelques années de cela, nous avons investi dans une grande tente tout confort, où nous tiendrons aisément à cinq et nous avons même une douche de fortune à l'arrière du van. C'est frisquet, mais sain !

— Heureusement que le cachet est princier... grommelle Luc.

Étonnant. D'un côté, le client nous verse un cachet au-dessus de la moyenne, d'un autre côté, il nous installe dans le parc sans nous prévenir... Il a de l'argent pour le cachet, mais pas assez pour se priver de deux chambres...

— Comment as-tu trouvé ce contrat ? m'enquiers-je auprès de Luc.

Depuis quelques années, nous avons pris l'habitude avec Serge de ne plus nous préoccuper des engagements, mais plutôt de la mise en scène et de la publicité. Luc, quant à lui, se charge des contrats.

— Monsieur Williams m'a contacté directement.

Je tique. Notre troupe n'est pas assez connue pour qu'un particulier nous contacte. Alors quoi ?

— Comment nous a-t-il trouvés ?

Luc m'observe avec acuité.

— Ne cherche pas des mystères partout, Chloé. Le client nous a vus au festival de Sarlat, où nous sommes venus il y a quelques années.

Mouaih, admettons... Je ne suis guère convaincue, mais passons. Pour le moment, nous devons préparer notre abri pour le week-end. Nous déchargeons la tente et commençons à la monter. Un coin ici, toi tu tiens ça, moi je tire là... La routine. Notre palace portatif est érigé en deux temps, trois mouvements[30].

---

[30] D'accord, un peu plus que deux temps et trois mouvements,

— Tu as un peu plus de détails sur le scénario ? s'enquiert Serge.

Je pouffe. D'après ce que j'ai vu, cela m'étonnerait que le bonhomme se soit fendu d'une histoire correcte...

— Oui, répond Luc imperturbable. Madame Gautier, la secrétaire de Monsieur Williams, m'a donné cinq exemplaires du document.

Chouette ! Merci Madame la secrétaire. Qui parie avec moi que c'est la secrétaire qui a écrit l'histoire ? Personne ? Pfff, vous n'êtes pas joueur.

Voyons cela :

« Présentation générale du week-end : Les adeptes d'un ancien culte païen se réunissent au château de Puymareuil pour retrouver une relique impie qui n'apparaît que les nuits de Samain. Guidés par des créatures infernales, qu'ils doivent retrouver aux quatre coins du château, ils progressent d'indice en indice en résolvant des énigmes. Vendredi soir : C'est la veille de Samain[31]. Les adeptes arrivent au château et disposent de la nuit pour se familiariser avec les lieux. Le premier soir, ils doivent amadouer les différents monstres pour collecter des indices et retrouver une tête dans le panier de la sorcière... »

---

mais ça se monte vite quand même !

[31] Pour ceux qui l'ignorent, Samain est l'une des quatre grandes fêtes celtiques, célébrée aux environs du 1er novembre (dans notre calendrier). Elle correspond à peu près au Halloween anglo-saxon. Cette fête marque l'entrée dans la saison sombre et symbolise un passage, l'ouverture d'un portail vers l'autre monde... Salut les ancêtres, ça faisait longtemps !

C'est moins pourri que ce que j'imaginais, mais je comprends avec horreur que nous sommes supposés rester à nos postes toute la nuit... Vous croyez que la sorcière sexy a le droit de mettre une doudoune ?

Continuons :

« Les créatures infernales invoquées sont au nombre de huit :

● La goule : ce monstre sera le premier que les joueurs devront amadouer. Contre un objet brillant, la goule, qui se trouvera dans la cuisine, donnera aux participants une bouteille de vin et un morceau de viande, sans autre explication.

● Le loup-garou : ce monstre sanguinaire a pris ses quartiers dans la bibliothèque du rez-de-chaussée. Pour obtenir l'aide du loup-garou, les joueurs devront lui apporter un morceau de viande. En l'absence de viande, le loup-garou doit se jeter sur les joueurs sans leur parler.

Indice : Pour ce soir, vous cherchez une tête.

● La démone : cette créature est munie d'un fouet factice et devra en user contre tous ceux qui utiliseront les couloirs du premier étage. Ceux qui lui apporteront un livre, emprunté dans la bibliothèque pourront obtenir son aide.

Indice : Toujours vers le froid, il faut aller.

● Le vampire : cette créature maléfique arpente le chemin de ronde. Il se cache et surprend ceux qui viennent le perturber dans sa quête de sang. Si les joueurs lui présentent leur gorge, il leur cédera un miroir.

● *La gorgone[32] : ce monstre se dissimulant dans le bureau du rez-de-chaussée ne doit se montrer qu'aux joueurs apportant un miroir. En échange, elle donnera au premier arrivé une coupe argentée, en lui précisant que les autres participants pourront tenter de la lui voler.*

● *La créature de Frankenstein[33] : ce monstre hante les jardins à la recherche de son créateur. Pour l'amadouer, il faut lui apporter du vin chaud en offrande[34].*
Indice : la sorcière détient ce que vous cherchez.

● *Le satyre[35] : cette créature sera postée dans la salle de billard au premier étage et ne donnera son indice que contre un verre de vin[36].*
Indice : Ce que vous cherchez se trouve en bas.

● *La sorcière : cette créature se cache dans les sous-sols du château[37]. Elle veille près d'un banc et ne doit se montrer qu'à ceux qui apporteront la coupe. Le premier à lui apporter la coupe argentée remportera la tête.*

---

[32] Cyrielle, notre blondinette aux questions surréalistes.

[33] Serge en pas-beau tout couturé. Je suis sympa, je vous aide !

[34] Hein ? D'où ça sort ? Depuis quand la créature de Frankenstein boit du vin chaud ?

[35] Luc en vieux bouc pour ceux qui dorment ! Bidon poilu inclus !

[36] Sans rire, il y en a qui savent naviguer dans la vie !

[37] Et qui est encore la dinde - je ne suis pas un dindon ! - de la farce ? C'est Bibi ! Pendant que les autres seront au chaud ou en train de boire du vin, voire les deux pour les plus habiles, moi je vais me cailler dans les sous-sols glacés d'une antique bâtisse pleine de fantômes ! J'exige d'avoir du chocolat en échange de mon indice, de mon panier ou de quoi que ce soit d'autre !

Beurkkk. Je vais me peler dans les sous-sols jusqu'à minuit en trimballant une tête coupée... Charmant... Enfin, l'histoire ne semble pas si mal ficelée que cela...

— Nous n'avons que le scénario de vendredi soir ? demandé-je à Luc.

— Oui, pour le moment, c'est tout ce que j'ai reçu.

— D'accord, nous verrons bien... Enfin, je constate une fois de plus que le mieux loti, c'est Serge, ralé-je pour le principe. Par hasard, tu ne serais pas allé voir la secrétaire pour qu'on te distribue du vin chaud toute la nuit ?

Au sourire satisfait de Serge, je comprends que j'ai fait mouche. Le colosse de la troupe a toujours su jouer de son physique auprès de la gent féminine pour obtenir des faveurs... Sacré Serge... J'aurais peut-être dû lui demander de plaider ma cause pour la doudoune...

Chapitre 3

Le grand méchant loup-garou...

Vendredi 30 octobre – Temps bof bof. Ambiance sympa (on ne peut pas tout avoir !).

En milieu d'après-midi, nous rejoignons le grand salon du château, en costume, afin de finaliser les derniers détails. Quelques monstres nous attendent déjà et mon entrée à moitié nue fait sensation. Merci vieux pervers ! La démone à fouet - une grande gigue squelettique juchée sur de hauts talons et sanglée dans une robe fourreau noire - me fusille du regard, pendant que la... goule - j'hésite sur le nom, une créature difforme avec une grande bouche et des crocs partout... Oui, ça doit être la goule - hausse les épaules. Seul le vampire me fait un grand sourire... carnassier... Aïe, je vais devoir veiller sur mes arrières, si je ne veux pas me faire mordre. Un loup-garou un peu miteux et boiteux s'approche de moi... Non, ce n'est pas le client, tout de même ?

— Ah, dit-il avec satisfaction. Je suis agréablement surpris par vos atouts, Madame. Vous cachez bien votre jeu sous votre gros pull !

Si, je confirme, c'est notre vieux pervers... Un

loup-garou édenté, c'est rare ! Garde tes distances, papy ! Je m'éloigne de notre « charmant » client, pendant que mon satyre dodu préféré s'interpose pour lui poser des questions. Monsieur Williams paraît mécontent, mais je file à l'autre bout de la pièce sans demander mon reste.

— Le week-end sera peut-être plus intéressant que je ne l'escomptais, me susurre une voix non loin de la nuque.

Merde, le vampire ! Je me retourne et vois Mister Canines à quelques centimètres du bord de mon large chapeau. Un peu plus grand que moi malgré mes talons, large d'épaules, sourire ravageur (si on omet les deux crocs peu engageants), beaux yeux bleus... Il est charmant... Chloé reprends-toi ! Tu es mariée !

Je fais un pas de côté pour esquiver cette nouvelle attaque et me dis que je n'ai pas fini d'éviter les mâles dans cette tenue... Pfff, talons aiguilles, mini-jupe avec shorty apparent, bas résille avec porte-jarretelles à nœuds-nœuds affriolants, décolleté pigeonnant... Muriel m'a fait la totale ! En vérité, la pièce la plus couvrante de mon costume est mon chapeau... Bien joué, Muriel ! Je soupire, fatiguée d'avance par ce week-end. Mon regard rencontre celui désolé de Cyrielle. Ma gorgone a compris la tactique de la troupe et se trouve bien embêtée pour moi. Elle me fait un petit signe d'encouragement, à l'abri derrière sa chevelure serpentine...

— Êtes-vous actrice ou avez-vous l'infortune de travailler pour Monsieur Williams ?

Grumpf... Nouvelle attaque du vampire... Je sens qu'il ne va pas me lâcher du week-end celui-là...

Je l'observe, mais ne repère rien de lubrique dans son regard... Bon, je lui accorde le bénéfice du doute et je vais lui répondre[38].

— Je suis actrice. Je m'appelle Chloé, et vous ?

— Marc, dit-il en me tendant la main. Je travaille pour l'expert-comptable de Monsieur Williams.

Alors, celle-là, je ne m'y attendais pas. Je l'observe de mon œil le plus sidéré. Il sourit... Craquant, le sourire... Chloé, focus ! Tu es mariée ! Punaise, faut te reprendre, ma grande !

— Qu'est-ce que vous venez faire dans ce costume ? demandé-je pour dissimuler mon trouble.

— J'ai été faible, plaisante-t-il. J'adore les week-ends à énigmes, donc je ne me suis pas fait prier pour participer, avant de comprendre que je serais figurant et non pas participant. Il n'a même pas fourni le costume...

Je souris devant son air déconfit. Avec ses crocs qui dépassent, ça lui fait une drôle de bouille... Mignonne, la bouille... Oh, Chloé !!! Je reporte mon attention sur notre client. Qu'a-t-il dit déjà ? « Avez-vous l'infortune de travailler pour Monsieur Williams ? » et il vient de me préciser qu'il a été dupé pour participer au week-end ? Manifestement, il n'a pas apprécié la manœuvre...

— Notre loup-garou serait-il un peu filou ?

— En plus d'être amateur de chair fraîche, vous voulez dire ?

Bam ! Troisième cartouche dans la peau de notre vieux loup-garou tout dépenaillé[39]... Re-regard sidéré. Ce vampire me laisse sans voix... Je pensais les comptables compassés et silencieux, j'ai tout l'inverse

---

[38] J'essaie de me montrer civilisée, ça m'arrive parfois...

[39] En argent les balles... D'après la légende, les vampires et les loups-garous ne s'apprécient pas... Ce n'est pas une légende, en fait...

devant les yeux.

— Je sais, je devrais me taire, avoue-t-il, mais ça se voit tellement... Au bureau, les femmes fuient en courant quand elles savent que Monsieur Williams arrive. Il a toujours une main qui traîne...

Je ne peux pas dire le contraire... Beurkkk... Notre loup-garou de client a échappé aux questions de Luc et s'est dirigé quelques instants vers notre gorgone, qui a dû lui reposer moultes questions existentielles sur son personnage, avant de foncer sur la démone à fouet, qu'il tient tout contre lui, la main négligemment posée sur le haut de son postérieur...

— Sa secrétaire. Son âme damnée, si je puis dire.

Je glisse un regard à mon voisin à la langue trop bien pendue. Il ricane sous mon regard.

— Que voulez-vous, je parle, je parle, je parle... C'est mon plus gros défaut !

— Et bien, je ne vous confierai pas mes petits secrets, voilà tout !

C'est à son tour de me regarder. Il hausse les sourcils et sourit, les yeux pétillants. Ben quoi, je peux avoir des seins et un cerveau, non ? Ce n'est pas incompatible !

— Donc, Monsieur Williams joue le loup-garou, son comptable incarne le vampire, sa secrétaire la démone, reste la goule...

— Sa cuisinière, répond Marc.

— Ce n'est pas ce qui était convenu.

Marc m'observe d'un œil vif et perçant.

— Je vous demande pardon ?

— Quand Monsieur Williams a engagé notre troupe, expliqué-je, il nous a précisé que les rôles restants seraient tenus par des acteurs...

— Impossible, vu l'état de ses finances...

Marc se mord la lèvre inférieure, avant de se

souvenir qu'il est pourvu de deux très beaux crocs... Il grimace sous sa propre morsure... Un vampire qui se mord lui-même, c'est rare aussi ! Point de vue curiosités dans l'étrange, je suis gâtée !

— Heureusement que vous êtes soumis au secret professionnel, persiflé-je, sinon ce serait catastrophique...

Il rit sous cape[40]...

— Je vous confesse que les jolies femmes me rendent volubile.

Et bim, une attaque sournoise de Dracula. Faut se méfier de ces bêtes-là, c'est vicieux les vampires ! Ils vous endorment avec une conversation normale et repartent à l'assaut dès que vous baissez la garde.

— Merci pour le compliment, mais il s'avère que la sorcière est mariée.

Il me sourit en coin. Il est trognon, quand même... Punaise, Chloé !!!

— Ce n'est pas parce que vous êtes mariée que vous n'êtes plus jolie, mais je comprends ce que vous voulez dire. Si j'étais votre mari, je n'apprécierais pas qu'un autre homme vienne vous tourner autour.

— Jaloux, en plus ?

— Très, admet-il avec un large sourire à crocs apparents. Ah, je crois que nous allons avoir quelques explications.

Je me retourne, non sans croiser le regard inquiet de Serge. Notre colosse des îles a toujours été le gardien de la troupe. Il veille sur nous et notre sécurité depuis que nous nous connaissons. Je lui souris pour le rassurer. Je sens à son hochement de tête qu'il va tout de même garder le vampire à l'œil.

---

[40] Ça tombe bien, il en a une !

Henry Williams s'est placé au milieu du grand salon et, la démone à ses côtés, prend la parole :

— Mesdames, Mesdemoiselles et Messieurs, je vous remercie tout d'abord de votre présence au château de Puymareuil. C'est avec un immense plaisir et une très grande fierté que je m'apprête à inaugurer ce cinquième week-end consacré aux mystères d'Halloween. Pour ceux qui l'ignoreraient, cette animation est extrêmement importante pour l'équilibre financier du château. Comme vous pouvez vous en douter, l'entretien d'un tel bâtiment nécessite des fonds propres d'une ampleur considérable. Aussi, l'organisation de tels événements est-elle primordiale et j'attends de tous les acteurs, professionnels ou non, un soin particulier à l'accueil des participants. Nos hôtes doivent repartir satisfaits de leur séjour et de leur expérience. J'attire votre attention sur le fait que nos visiteurs sont habitués à un certain standing de prestations et que j'entends que chacun s'oblige à satisfaire leurs moindres désirs !

Non, mais, je rêve ou papy pervers vient de me lancer un regard entendu ! Tu as engagé une actrice, pas une professionnelle du sexe ! Ohhhh, ça commence à me plaire cette ambiance.

— J'espère que vous avez compris ce que l'on attend de vous, Chloé ! me glisse Marc à l'oreille.

Je le regarde, les lèvres pincées.

— Je n'ai donc pas rêvé... Il insinue...

— Vous avez très bien compris, confirme-t-il pince-sans-rire...

Punaise ! J'ai l'impression que, finalement, le cachet n'est pas assez élevé ! Luc, je vais te tordre le cou !

La réunion se termine et nous sommes invités à rejoindre nos postes respectifs, les joueurs pouvant commencer leur enquête dès leur arrivée. Pour ma part, étant la détentrice du trophée final de ce soir, je me demande si je vais croiser âme qui vive avant minuit...

Pfff, une soirée à hanter les sous-sols du château en mini-jupe et en trimballant une tête coupée, qui dit mieux comme soirée pourrie ?

🕷 ☠ 🕸 🗡

*L*a situation est encore pire que ce que j'avais imaginé. Notre client se venge sans conteste de mon manque d'enthousiasme à sa proposition de tripotage. Je me retrouve toute seule à faire le pied de grue près d'un banc en pierre dans des sous-sols ayant abrité oubliettes et cachots. Je ne vous parle même pas du nombre de fantômes au mètre carré. En plus, il fait un froid glacial. Comme il n'est que dix-huit heures, je suppose que d'ici minuit, j'ai le temps d'être gelée, voire congelée.

Allez, Chloé, haut les cœurs ! Essaie de te trouver un endroit pas trop glacé et à l'abri des courants d'air pour attendre qu'un adepte des mystères d'Halloween vienne te chercher. Puisqu'une partie de mon rôle consiste à me cacher de ceux qui s'aventureraient dans les sous-sols sans une coupe argentée entre les mains, autant repérer les lieux et me faire une idée précise des cachettes existantes.

D'abord, il faut que je me débarrasse de ce satané panier avec la tête factice, il pèse comme un âne mort[41] et m'encombre ! Je repère un recoin perdu, plein de toiles d'araignées, cela devrait repousser les curieux ! J'enfonce mon panier dans cette bouillie d'insectes

---

[41] Pauvre bête !

mâchouillés avec art par les arachnides du château et je regagne la surface en toute discrétion. Oui, j'ai décidé de commencer par repérer les escaliers ! C'est mon droit et ça se voit que ce n'est pas vous qui êtes coincée en sous-sol, en solitaire, avec une tête coupée pour seule compagnie !

Chouette, un escalier, voyons où cela mène... Pas facile de grimper ce vieux machin inégal avec des talons aiguilles. Quelle horreur ce costume ! D'ailleurs, j'y songe, le temps de mon exploration, je vais enlever le chapeau de sorcière qui est visible à trois cents mètres à la ronde.

Il y a moins de marches que prévu et je tombe sur une lourde porte en bois. J'espère qu'elle n'est pas verrouillée. Je tends l'oreille, mais je ne perçois aucun son. N'y a-t-il personne ou le bois est-il trop épais pour que je puisse entendre ? Je tente ma chance, au pire je dirai que j'ai besoin d'aller aux toilettes.

Ouf, la porte n'est pas fermée à clé et je la pousse juste assez pour pouvoir observer les environs. C'est un couloir éclairé, dont le sol en pierre est recouvert d'un épais tapis rouge. Je ne sais pas où je me trouve... Tant pis, je verrai bien.

— Es-tu sûr de toi ? claque une voix juste à côté.

Oups ! J'ai failli être une sorcière grillée... Je tire la porte vers moi, mais j'observe quand même les deux inconnus qui passent devant moi et s'éloignent d'un pas vif. Celui qui vient de parler est un homme grisonnant d'une cinquantaine d'années, au costume impeccable. À mon avis, vu la qualité du tissu, cette petite merveille coûte une fortune. L'autre est un peu plus jeune et doit avoir moins de pouvoir, puisqu'il calque son pas sur celui de son aîné.

— Il vous a trompé ! Les garanties n'existent pas ou, du moins, elles n'existent plus…

Tiens, on parle affaires même en week-end ? Messieurs, je ne vous félicite pas ! Bon, je suppose que je ne verrai pas ces deux messieurs dans mon sous-sol avec une coupe argentée… Poursuivons… Je me glisse dans le couloir et je profite de la chaleur des lieux. J'ai les orteils congelés ! Je vais attraper la mort[42] à poireauter dans le froid toute la soirée !

— C'est scandaleux !

Tiens, de quoi parle-t-on… Oui, je suis curieuse… et fouineuse… Je ne peux pas être parfaite, non plus ! Qui a fait la grimace ?

— Je refuse de me séparer de mon téléphone, s'indigne une voix féminine.

— Madame, c'est le règlement, tranche une autre voix féminine. Vous devez résoudre les énigmes par vos propres moyens et non en recourant à internet.

Les voix proviennent de la pièce la plus proche. Je glisse un œil par la serrure… Ah, c'est une bonne vieille serrure à l'ancienne par laquelle on peut espionner ses prochains ! Une vieille dame en habit de cérémonie noir refuse de donner son portable à la démone… Tiens, je croyais qu'on devait traiter les visiteurs avec tous les égards dus à leur rang… Plan A, Chloé : Silence et observation !

— Alors, ma douce, on espionne ?

Oh, oh, Houston, j'ai encore un problème !

---

[42] Heu, non merci ! Note pour plus tard : ne pas donner d'idées à la Faucheuse.

---

[43] Pour ceux qui me connaissent déjà, nous avions rapidement abordé le plan A dans ma précédente enquête... Ok, le silence, ce n'est pas mon fort, mais j'y travaille ! Pour ceux qui ne me connaissent pas, sachez que je dispose de nombre de tactiques de survie et que, dans ma grande générosité, je partage avec vous mes plans et autres techniques ! Je suis quand même sympa comme fille !

Chapitre 4

Pourquoi je suis seule dans les caves ?

Une main savamment placée sur mes fesses me fait comprendre que j'ai affaire à un expert du pelotage ! Je me retourne et tombe - bien évidemment - sur le loup-garou édenté ! Grrr... Pensez-vous qu'il soit gêné ? Mais, pas du tout ! Il a même l'air très satisfait de lui-même !

— Puis-je savoir pourquoi vous n'êtes pas à votre poste ? s'enquiert-il avec un petit air pincé.

— Je me suis perdue.

Il m'observe en se demandant si je me moque de lui. Oui, mon pépère ! Je me moque de toi !

— Le sous-sol est plus bas, me renseigne-t-il.

Il me scrute avec moins de sympathie et de concupiscence soudain... Qu'est-ce qu'il a ? Intéressant, ce changement d'attitude...

— Où est votre panier ?

Je le fixe d'un œil rond. Mon panier ?

— En bas, c'est encombrant pour aller au petit coin, expliqué-je d'un air pincé.

Il est surpris et se tranquillise. Même si c'est un mensonge éhonté, c'est une bonne excuse et, après réflexion, il a dû juger que j'étais trop truffe pour échafauder un plan complexe avec mon petit crâne d'œuf...

— Vous trouverez ce que vous cherchez au fond de ce couloir, dit-il avec obligeance.

Je le remercie et file dans la direction indiquée, évitant, par une accélération osée sur talons aiguilles, une claque amicale que ce vieux sagouin adressait à mon postérieur rebondi.

Je profite du calme des lieux d'aisances pour faire le point. Depuis que nous sommes arrivés, il me semble qu'il y a déjà quelques incohérences... Comme dirait Luc, « Ne cherche pas des mystères partout, Chloé ! », mais ce n'est pas de ma faute si j'aime que les choses soient cohérentes ! Par exemple, d'un côté, Luc soutient que nous bénéficions d'un cachet princier, de l'autre, Marc sous-entend que les finances de notre client ne sont pas au beau fixe... Punaise, j'espère que Luc a déjà encaissé des arrhes très substantielles, sinon j'ai bien peur que nous ne travaillions à l'œil ce week-end[44]... Autre point préoccupant : l'absence des autres acteurs... Il faudra que je demande à Marc quand son client lui a proposé de participer à ce week-end... Si c'était avant notre engagement, ce serait mauvais signe pour notre cachet. De plus en plus contrariant... Au lieu d'employer deux troupes d'acteurs comme annoncé, il ne serait alors question que de compléter les salariés et autres personnes corvéables à merci à la disposition de Monsieur Williams... ce qui inclut un employé de son expert-comptable ? Curieux, je ne considérais pas ces

---

[44] Note pour plus tard : demander à Luc pour les sous ! D'habitude, il est plutôt méfiant, surtout avec les nouveaux clients, mais sait-on jamais...

personnages comme appartenant à la catégorie des « corvéables à merci » ! Quoique... Après tout, ils font aussi partie des indépendants... Est-ce que Marc accepterait ce genre de demandes, pour le moins incongrues, de la part d'un autre client ? Bigre, il faut que j'aille voir ce vampire[45] ! Où l'ont-ils placé déjà ? Ah oui, sur le chemin de ronde... Zut, c'est à l'opposé de ma destination et encore au froid... Décidément, ils ont juré d'avoir ma peau ce soir ! Bon, je retourne vérifier ce qu'il se passe dans les sous-sols et j'irai voir le vampire un peu plus tard...

🕷 ☠ 🕸 🗡

Brrr, j'espère vraiment que nous allons être payés pour notre travail. Il fait un froid polaire en bas, j'ai l'impression d'avoir été jetée dans les douves et de sécher dans le blizzard. Comment se fait-il qu'il y ait autant de courants d'air dans un endroit fermé ? À ce que je sache, les sous-sols du château ne sont pas ouverts aux quatre vents ! Punaise, je gèle ! « J'exige d'avoir une sorcière sexy ! » pour la faire mourir de froid ! Je ne comprends rien à la tactique de ce loup-garou décérébré[46] ! On pourrait croire que si vous exigez d'avoir une jeune femme peu vêtue, ce serait pour la contempler[47], n'est-ce pas ? Non, Môssieur Henry Williams exige des sorcières court-vêtues pour les cacher dans des endroits sombres et glaciaux ! Chacun ses perversions ! Je respecte les

---

[45] En tout bien, tout honneur ! Ce n'est pas parce qu'il est doté de deux très jolis yeux bleus, d'épaules comme je les aime... Heu... Laissez tomber... Cette note s'autodétruira dans trois, deux, un... Pouf ! Elle n'existe plus !

[46] Ça change de « loup-garou édenté ».

[47] Voire plus si affinités.

vices de chacun à partir du moment où ils n'ont pas d'impact sur moi, ce qui n'est pas le cas ici !

Puisque je n'ai rien d'autre à faire, je vais réfléchir, ça me fera peut-être oublier le froid ! J'ai retrouvé mon panier là où je l'avais abandonné. Comme prévu, personne ne s'est amusé à me voler cet accessoire si sympathique... Quelle idée ! Une tête dans un panier... C'est d'un morbide. Je sais bien que c'est Halloween, mais tout de même... À cet égard, la réaction du client a été étonnante tout à l'heure. Pourquoi attache-t-il tant d'importance à cet objet ? Ce n'est qu'un panier en osier avec une tête en plastique dedans... L'organisation de ce week-end mystère est peut-être son seul moyen de se remettre à flot finalement... Dommage que j'ai laissé mon portable dans la tente, ça m'aurait permis de m'occuper pendant que j'attends les joyeux adeptes du culte impie qui recherchent leur relique débile... En plus, elle est moche cette tête, ça fait toc[48] ! Bizarre comme je ne parviens pas à m'ôter de l'esprit que quelque chose cloche... Qu'est-ce qui me contrarie ? Qu'est-ce que mon subconscient a bien pu remarquer qui me met si mal à l'aise ? Réfléchis, Chloé... Les clients fortunés... « Nos visiteurs sont habitués à un certain standing »... Dans ce cas où est le personnel de maison ? Monsieur Williams n'imagine tout de même pas que nous allons faire les chambres en plus ? Flûte, mon portable me manque. J'aurais bien voulu savoir si ce château dispose de chambres d'hôtes à l'année et dans quelle catégorie d'étoiles il se situe... Depuis hier, je n'ai vu personne d'autre que les employés habituels du château : la démone-secrétaire

---

[48] Bon d'accord, ce serait inquiétant si cela faisait vrai, mais quand même !

et la goule-cuisinière... Pas de jardinier, ni de femme de chambre, encore moins de majordome ou d'intendante. Curieux... Selon toute vraisemblance, Monsieur Williams n'a pas d'employé masculin, sinon il ne serait pas allé chercher un comptable pour jouer le vampire. Brrr, il fait froid ! Soit il n'avait aucun homme sous la main en dehors de son comptable - ce qui serait curieux -, soit il voulait faire venir Marc... Dans ce cas, pourquoi ? J'ai trop froid ! J'ai beau taper mes pieds par terre, cela ne change plus rien à leur engourdissement !

Cela fait bien deux heures que j'attends en me gelant littéralement les fesses sur le banc de pierre. Le sous-sol est vide, mis à part quelques immenses caisses de transport stockées dans un coin un peu isolé. Assez propres d'ailleurs ces caisses. Cela ne doit pas faire très longtemps qu'elles sont entreposées à cet endroit. Tiens, j'aurais pu regarder s'il y avait des étiquettes de provenance ou de destination dessus... Puisqu'il n'y a rien à faire pour le moment, autant m'occuper... et ça me fera bouger un peu ! Bon, je laisse le panier ici, sous le banc, et si un adepte se présente à moi avec la coupe argentée, il sera toujours temps de le mener jusqu'à son magnifique trophée !

Curieux, ni étiquette, ni tampon, ni... rien ! Bizarre, on pourrait s'attendre à trouver quelque chose sur des caisses aussi grandes. Au vu de leurs dimensions, elles sont faites pour transporter soit des meubles, soit des tableaux, soit des statues... Enfin, vous voyez, des grandes caisses en bois, capitonnées, lourdes et peu maniables... Je n'ai vu ce genre de caisses que dans les musées ou dans les coulisses des théâtres... Un décor, peut-être ? Après tout, nous n'avons même pas le scénario pour demain. Si cela se trouve, il y a une partie du jeu qui nécessite des décors... Une fois de plus, bizarre ! Il faudrait savoir tout de même ! Soit Monsieur Williams est à l'aise financièrement, soit il tire le diable par la queue[49] ! Je verrai bien ce soir, quand nous aurons le scénario pour demain !

Quelle heure est-il[50] ? 21h30 ! Punaise, mais ça n'avance pas ! J'en ai marre, marre de chez marre ! Encore deux heures et demie d'attente avant de pouvoir regagner le grand salon et toujours personne à l'horizon ! Pas un chien, pas un rat, pas une chauve-souris, pas un lapin-garou ! Une vraie misère ! Heureusement que je ne suis pas peureuse ! Seule dans les sous-sols d'un vieux château la veille d'Halloween, j'en connais plus d'une - et d'un - qui auraient les chocottes à ma place ! En revanche, si je dois être honnête[51], j'avoue que je suis bien mieux ici toute seule dans le froid qu'à l'étage à me faire reluquer par tous les casse-pieds. Il fait quand même très froid...

Bon, je bouge ! Allons trouver le vampire pour en savoir un peu plus sur la situation financière de notre client ! Tiens, c'est quoi ça ? Zut, au moment où je me décide, un adepte de je-ne-sais-quoi qui arrive ! Ce n'est pas Dieu possible, ils ont décidé de me contrarier aujourd'hui ! Chloé, focus, fais ton travail ! Plan A :

---

[49] Oui, ça fait ton sur ton pour Halloween, mais vous comprenez l'idée !

[50] Oui, j'ai gardé ma montre ! La manche est longue et personne ne la voit ! Et sans montre, sans téléphone, dans un sous-sol, comment voulez-vous que je sache qu'il est minuit ? Un peu de logique !

[51] Si, ça m'arrive !

silence et observation. Pas de coupe argentée... Du moins, pas de coupe apparente... Par conséquent, Monsieur ou Madame Fantôme, pas de sorcière sexy ! Punaise, pour une fois qu'il y en avait un qui trouvait sa route jusqu'ici, il faut qu'il vienne sans la monnaie d'échange ! Quelle purge ! Pourtant, ça m'aurait bien arrangée de pouvoir retourner au chaud sous la tente[52] ! Je le cherche du regard, mais ne discerne qu'une vague silhouette qui s'éloigne. C'est qui ? Homme ou femme ? Je n'en sais fichtre rien ! Je ne savais pas que les participants avaient le droit de se déguiser eux-aussi ! Celui-là n'a pas trop forcé sur le costume ! Un vieux drap, deux trous pour les yeux et hop ! Je suis un beau fantôme ! Bon, plus de bruit, plus de drap... Il a décampé sans demander son reste... Comme je le comprends ! Pour ma part, je vais aller voir s'il fait meilleur sur le chemin de ronde ! En route vers le vampire... Mais, mais, qu'est-ce que ? Au secours !

---

[52] Oui, par rapport aux sous-sols du château, je peux vous assurer qu'il fera chaud sous la tente !

Chapitre 5

Un vampire drôlement sexy... dangereux mais sexy !

Quelqu'un vient de m'attraper par-derrière et m'entraîne vers un coin sombre... D'accord, ça ne manque pas de coins sombres en sous-sols, mais là n'est pas la question ! Vu sa force, c'est un homme. Robuste... Donc pas le loup-garou... Ce qui finalement n'est pas très rassurant, au moins j'aurais su à quoi m'en tenir avec le vieux beau ! Il me serre fort, mais sans me faire mal... En revanche, il m'écrase sa main sur la bouche ! Grrrr, ça ne va pas se passer comme tu crois ! En outre, j'exige une prime de risques !

— Chloé, c'est moi, pas de panique... me murmure-t-il à l'oreille.

Hein ? Mais il est dingue ou quoi ce vampire ? Il a faim ? Il pouvait mordre n'importe qui dans le château, mais il jette son dévolu sur moi ! Je proteste ! C'est honteux, c'est... Je vais lui éclater les orteils avec mes talons aiguilles !

— Pas un mot, quelque chose ne va pas...

Du coup, je me fige... Il enlève sa main...

— Le fantôme, vous l'avez vu ?

Je me retourne, prête à lui dire ce que je pense de ses manières, mais il a l'air inquiet... Il est quand même super mignon ce vampire... Chloé ! On se reprend ! Ce n'est pas acceptable, même pour un vampire trognon, d'entraîner une femme dans un coin isolé et sombre... À bien y réfléchir, c'est le travail principal des vampires, non ? Bref ! Plan B : Focus et concentration !

— Qu'est-ce qu'il y a ? demandé-je le plus bas possible.

Il grimace. Il n'a pas l'air d'être sûr de lui...

— Je ne sais pas, mais j'ai une drôle d'impression... Comme si...

— On se moquait de nous...

Il me transperce de son regard si vif.

— C'est ça... J'ai eu le temps de réfléchir en haut... Personne n'est monté et je me suis inquiété pour vous.

Quoi ? J'ai réfléchi aussi, mais je ne m'inquiétais pas pour moi ! Je fronce les sourcils en une demande silencieuse d'explications.

— Vous allez me trouver fou... Je me suis demandé pourquoi Henry Williams avait exigé une sorcière sexy et qu'il la reléguait en sous-sols... C'est votre collègue qui m'en a parlé, la petite blonde, elle n'avait pas l'air rassurée pour vous.

Cyrielle... C'est malin, grâce à notre blondinette, j'ai le comte Dracula sur le dos ! Pfff, pourquoi ils s'inquiètent tous ? Je suis une grande fille !

— Je suis d'accord avec vous, acquiescé-je. J'aurais aussi bien pu être en doudoune dans les sous-sols, personne n'aurait vu la différence, mais d'ici à imaginer des drames... Que voulez-vous qu'il m'arrive ?

Son regard glisse vers mon décolleté, puis se fixe un

instant sur les nœuds-nœuds de mes jarretelles...

— Sans vouloir vous offenser, mis à part votre nombril, vous n'avez plus trop de mystère pour moi.

Ohhh !!! Je suis indignée et il le sait. Il ricane en plus !

— Grossier personnage ! Est-ce que vous croyez que c'est de gaîté de cœur que je m'habille comme ça ! C'est un rôle, pas moi !

Il m'observe, sérieux un instant, puis rit sous cape, une fois de plus.

— Désolé, Chloé, Je n'ai rien contre votre tenue... au contraire, mais certains hommes ne sauraient pas se tenir face à tant d'atouts. J'ai préféré vérifier que vous alliez bien, c'est tout.

Gnagnagna ! Présente-toi en prince charmant, aussi ! Sale... sangsue !

— Je vais très bien, vous pouvez repartir, grondé-je.

Il sourit et me regarde par en dessous... Punaise, inutile d'utiliser tes trucs de suceurs de sang, ça ne marchera pas ! Il reprend son sérieux.

— Et le fantôme, l'avez-vous vu ?

— Oui, et alors ?

Son expression change du tout au tout. Il s'assombrit... Quoi encore ? Il m'énerve le mini comte Dracula !

— Est-ce qu'il vous a vue ?

Je l'observe. Pourquoi a-t-il l'air si préoccupé ? Cette conversation est de plus en plus déroutante... Je dois avouer que nos déguisements ne nous aident pas à nous prendre respectivement au sérieux !

— Non, je me suis cachée, il n'avait pas de coupe argentée...

Un temps... Il réfléchit. Il masse sa mâchoire du bout de ses doigts. Jolie mâchoire... Chloé, je ne le répéterai pas ! Plan B : Focus et concentration !

— Tant mieux, conclut-il. Ce déguisement ne fait pas partie des monstres « officiels », si je puis dire, et, d'après ce que j'ai vu, aucun des participants ne porte ce costume...

— Qu'est-ce que vous en savez ? grogné-je.

Oui, je suis de méchante humeur à cause de sa réflexion sur mon nombril ! Comme si je m'exhibais toute nue sous son nez ! Celle-là, il me la paiera !

— J'ai eu le temps de les observer depuis les créneaux, continue-t-il imperméable à mes ondes d'indignation. Les joueurs portent tous une espèce de robe de cérémonie à capuchon, noire ou marron. Rien à voir avec un drap blanc.

Zut, il m'intrigue. Il m'énerve, mais il m'intrigue davantage... Du coup, mon cerveau reprend les rênes de ma personne[53] !

— J'avais une question à vous poser, osé-je. Votre client est-il fortuné ou ruiné ?

Il fait un claquement de langue peu sympathique et je décide d'esquiver son regard. Tiens, il y a une énooorme toile d'araignées juste au-dessus de nos têtes.

— Pourquoi voulez-vous savoir ? demande-t-il en se calant bien en face de moi.

Tiens, ce n'est pas un « non » cinglant... Curieux... Notre comptable aurait-il des doutes sur son aimable filou de client ? Après tout, il est bien placé pour surveiller l'honnêteté du loup-garou de la bibliothèque...

---

[53] Comment quelle partie de ma personne contrôlait le reste jusqu'à présent ? Grossier personnage, vous aussi ! On va dire que c'est une partie comprise entre la tête et les orteils... Le cœur, c'est ça. Un bon point pour ceux qui ont pensé au cœur !

— J'ai réfléchi moi aussi, expliqué-je. Il n'y avait pas foule... Bref, Monsieur Williams nous a engagés en nous promettant un cachet substantiel, tout en nous assurant que nous ne serions pas les seuls acteurs présents. Toutefois, quand nous sommes arrivés, nous avons appris que les autres rôles étaient tenus par des employés ou des proches du client, puis vous avez fait une remarque sur l'état des finances de ce monsieur... D'ici à conclure que les ressources de notre hôte ne sont pas au beau fixe... Quand vous a-t-il demandé de participer ?

Un peu décontenancé par la question, il répond :

— Il y a une quinzaine de jours.

— Donc, au moment où il nous a engagés... Il pensait peut-être avoir les moyens de payer d'autres acteurs... Mais quant à l'état de ses finances ?

— Têtue, la petite sorcière...

Je lui fais les gros yeux, ce qui le fait rire.

— Je ne suis pas une petite sorcière !

Il esquive la bagarre... et répond :

— Je pense que ses finances lui permettent de vous payer.

Un bon point pour nous, mais je ne suis pas satisfaite.

— Et ? insisté-je.

— Et ? répète-t-il en ricanant.

Punaise, quel casse-pieds ! Autant essayer de faire parler un peloton de scarabées sourds[54] !

— A-t-il les moyens de conserver ce château, par exemple, ou je ne sais pas, doit-il envisager de vendre certaines œuvres d'art ?

Il fronce les sourcils... Ouh, il n'est pas content le

---

[54] Quoi ? Qu'est-ce que vous avez contre les scarabées sourds ?

petit vampire ! C'est qu'avec ses petits crocs, il me ferait presque peur... Presque !

— Pourquoi demandez-vous cela ? répond-il d'une voix un peu cassante.

J'ai envie de lui répondre que c'est moi qui pose les questions ici, mais je n'en ai pas le pouvoir[55]. Il peut lui aussi me questionner...

— J'ai vu des caisses en bois dans le sous-sol. Des caisses de transport...

Il hausse les épaules.

— Ce ne sont peut-être que de vieux coffres abandonnés... insinue-t-il.

Dis donc, Dracula, tu me prends pour une truffe ?

— Elles sont neuves, propres, sans indication de provenance, ni de destination. Ne me prenez pas pour une idiote !

Il me fait un geste apaisant de la main.

— Pardon, Chloé, je ne voulais pas vous déplaire, mais êtes-vous en train de suggérer que Monsieur Williams s'apprête à partir ?

— Partir ? Non, il n'y a pas assez de caisses, mais vendre quelques meubles et tableaux, oui, c'est possible...

Marc sort son portable d'une poche de son costume noir. Il râle entre ses dents.

— Il faut que je remonte, mais soyez prudente, ne vous montrez pas à ce fantôme. Tout au long de la soirée, il a eu des déplacements à contre-courants, évitant avec soin les participants...

— Un voleur ?

Il réfléchit à cette option... Il n'avait pas envisagé cette hypothèse...

---

[55] Dommage !

— Je ne sais pas, mais soyez prudente.

Il va finir par me coller les jetons, cet idiot ! Il tourne les talons, me jette un dernier regard et s'arrête. Il revient d'un pas vif vers moi, s'approche dangereusement... Mais ? Il détache sa cape, la passe autour de mes épaules et l'attache autour de mon cou.

— Vous en avez plus besoin que moi, explique-t-il. Vous faire poireauter toute la soirée dans cette tenue dans un sous-sol, c'est ridicule !

Il repart et disparaît sous mon regard ébahi[56].

Oh, misère ! J'aime cet homme ! Non, pas d'amour, mais vous n'imaginez pas le bien que ça me fait d'avoir sa cape toute chaude sur moi ! Je resserre les pans de l'épais tissu de laine pour qu'aucune parcelle de chaleur ne s'échappe. Que le loup-garou soit content ou pas, je garde la cape ! J'ai trop froid ! Je le vois d'ici, le loup-garou, en train de siroter un bon whisky dans sa bibliothèque au coin du feu ! Grrr, vengeance !

Malheureusement, cette chaleur toute douce ne dure que peu de temps, le froid ambiant me transperce de nouveau et je recommence à grelotter... Quelle heure est-il ? 23h30 ! Youpi, mon calvaire prend bientôt fin ! Que ne donnerais-je pas pour une bonne douche chaude[57] ? Oh, punaise, on est sous la tente... La douche est dehors... Pfff, je ne vais pas pouvoir me réchauffer... J'en ai marre de ce contrat débile ! Et

---

[56] Non, je n'attendais rien ! Je suis une femme honnête !

[57] En fait, plein de trucs, y compris moi ! Elle est nulle cette expression !

demain, on repart pour un tour ! Misère !

Bon, il est presque minuit, je vais récupérer mon panier à tête et remonter ! Un bon point pour moi, le panier est toujours sous le banc où je l'ai laissé. Beurkkk ! Je ne sais pas ce qu'ils ont mis dans ce panier, mais il y a de la gelée rouge partout ! C'est dégueu ! Leur faux sang se fait la malle à travers l'osier. J'exige d'avoir une prime de trimballage de trucs affreux !

> ### *Les plans de survie de Chloé*[58]
>
> *Plan A : Silence et observation.*
> *Plan B : Focus et concentration.*

---

[58] La suite de mes plans de survie, rien que pour vous !

Minuit ! Alléluia ! Je peux enfin remonter de mes sous-sols gelés. Ce n'est pas trop tôt ! Après la visite du vampire, je n'ai pas croisé âme qui vive, pas même un rat, une araignée ou une mite ! C'est dire si j'étais seule... En plus, je ne sais pas où ils ont trouvé leur faux sang, mais c'est une infection ! D'habitude, on utilise de la gelée de groseille délayée dans de l'eau - au moins ce n'est pas cher et ça ne tâche pas trop -, mais là, ça sèche, ça sent mauvais, une vraie horreur ! En plus, ça coule ! Bien joué loup-garou édenté ! Une vraie abomination, ça fait ton sur ton pour Halloween ! Entre ce panier dégoulinant, les talons aiguilles et les marches défoncées, je peux vous dire que l'ascension vers le monde des vivants ne se fait pas toute seule ! Punaise, je suis d'une humeur de dogue !

Enfin arrivée en haut de l'escalier, je trouve porte close...

— C'est une blague ? J'ai affaire à des fous...

Je pousse, cogne contre le bois, tire, m'essouffle et pèse de tout mon poids sur l'obstacle centenaire, rien à faire. Un abruti de première classe a verrouillé la porte ! Un abruti de première ou un psychopathe ? Ça y est, j'ai les pétoches ! Vous avouerez que j'ai bien résisté à la trouille jusque-là mais, tout de même, chacun a ses limites ! Entre Cyrielle, le vampire, le fantôme non identifié, les sous-sols d'un château hanté (et pas par des fantômes portant des draps troués !) et ce machin qui me dégouline sur les pieds, avouez que je suis tout de même résistante au stress ! Mais, là, c'est la goutte d'eau qui fait déborder le vase ! Je veux sortir !!! Bien évidemment, pas de portable, donc je ne peux appeler personne ! Marre, marre, marre !

Inspire, Chloé, expire... Inspire, expire... S'il y avait un psychopathe dans le château, il aurait eu tout le temps qu'il voulait pour t'assassiner ces dernières heures. Inspire, expire. C'est un contretemps, pas une condamnation à errer dans les sous-sols comme une âme en peine. Inspire, expire. Quelqu'un va forcément se préoccuper de ton sort. Inspire, expire. Cyrielle, Serge, Luc ou Marc ne vont pas tarder à venir m'ouvrir... Vive la méditation, ça permet de prendre un peu de recul. Faisons le point à tête reposée. Je suis arrivée par cette porte, mais étais-je supposée repartir par elle. À ma connaissance, il y a au moins une autre porte qui mène vers l'intérieur du château et, de toute façon, il y a un accès vers l'extérieur. Haut les cœurs, Chloé, prends ton panier sanguinolent et pars à la recherche d'une autre issue. Super, je dois redescendre ce maudit escalier, toujours juchée sur mes talons aiguilles... Je veux une prime de talons pourris[59] !

Je dévale l'obstacle tant bien que mal, tanguant sur mes hauteurs inconsidérées et je parviens en un seul morceau en bas ! Un exploit ! J'ai mal aux pieds, j'ai

---

[59] Ça va leur coûter cher en prime leurs fantaisies !

froid et j'ai faim ! Je peux vous dire que demain, la sorcière ne sera pas enfermée dans les sous-sols toute la journée ! Bon, où suis-je maintenant ? Tout se ressemble en plus ! Ha, le banc avec la tache toute moche de faux sang, donc je dois avancer encore un peu et sur ma droite... Oh, punaise ! Plus de lumière !!! Qui a éteint la lumière !!! Qui a décidé d'avoir ma peau ? Y a-t-il un policier ou un exorciste dans la salle ? Là, franchement, ça fait beaucoup ! Je viens de repousser les limites de la LEM[60] à moi toute seule, Monsieur Murphy serait si fier de moi ! Jason ? Freddy[61] ? Vous êtes là ? Et mieux, avez-vous un portable ou de la lumière ? Je vais tordre le cou à ce loup-garou de pacotille !!!

— Chloé !!!

C'est qui ? Une lumière descend vers moi ! Alléluia, Dieu soit loué, merci petit Jésus ! Un faisceau lumineux se rapproche.

— Pourvu qu'elle aille bien, s'angoisse ma blondinette préférée.

Je l'aime ma gorgone d'amour !!!

— Cyrielle, je suis en bas ! appelé-je.

— Nous arrivons, Chloé ! J'en étais sûre ! Tu étais coincée en bas ! Toutes les portes ont été fermées, alors que tout devait rester ouvert ! Je ne sais pas quel est

---

[60] La « Loi de l'emmerdement maximum » ou « Loi de Murphy », une théorie passionnante de l'ingénieur aérospatial Edward E. Murphy Jr., selon laquelle : « Tout ce qui est susceptible d'aller mal ira mal ». Je ne suis pas prête à mettre les pieds dans la station internationale (l'ISS pour les puristes) ! C'est moi qui vous le dis !

[61] Jason Voorhes, héros-monstre de la série des « Vendredi 13 » et Freddy Krueger, héros-monstre de la série des « Griffes de la nuit » et autres... Bref, deux charmants personnages que je serais à peine étonnée de voir arriver !

l'imbécile qui s'est amusé...

— Faites attention où vous mettez les pieds, Cyrielle, cet escalier est très irrégulier.

Cette voix... Le vampire ? Décidément, il fait beaucoup d'efforts pour se montrer charmant ce monsieur...

Deux ombres apparaissent à l'angle où je voulais tourner avant la panne électrique...

Cyrielle se précipite sur moi et me serre dans ses bras, ses tentacules serpent me frappant le visage au passage.

— J'ai eu si peur pour toi ! Mais quelle horreur ! Rester toute seule dans le noir dans ce cul-de-basse-fosse !!!

J'aurais trouvé cette réaction excessive, voire risible, en d'autres circonstances mais, ici et maintenant, je suis tellement contente qu'elle soit là ! J'aime cette fille et sa bienveillante bonté.

— Vous allez bien, Chloé ? s'inquiète Marc.

— Ça va, mais je dois vous avouer que je suis contente que ce soit terminé... Les portes ont achevé de me scier les nerfs.

— J'en suis désolé, Chloé. Quand minuit a sonné et que nous ne vous avons pas vu arriver, Cyrielle a exigé que nous partions à votre recherche. C'est à ce moment-là que nous avons trouvé les portes closes, sans clé dessus. Il a fallu que Monsieur Williams aille chercher le trousseau de secours dans sa chambre. Je ne sais pas à qui nous devons cette mauvaise plaisanterie, mais si Serge met la main sur lui, je pense qu'il va passer un mauvais quart d'heure.

Connaissant Serge, il doit écumer de rage et, vu la stature de notre colosse, cela a dû motiver les troupes pour retrouver les clés dans les plus brefs délais.

— Venez, Chloé, donnez-moi votre panier...

Marc s'empare de la saleté dégoulinante avec une grimace mi-écœurée mi-intriguée, puis nous remontons. Ce retour vers la lumière me fait plaisir, mais j'aimerais bien savoir pourquoi je me suis retrouvée dans le noir si brusquement...

🕷 ☠ 🕸 🗡

Quand nous arrivons dans le grand salon, l'ambiance n'est pas festive. Les monstres de la troupe[62] sont furibonds, les monstres employés ne sont pas de meilleure humeur[63] et les participants oscillent entre dédain et colère... Manifestement, le standing des prestations n'est pas à la hauteur de leurs espérances. Le loup-garou fripé me jette un coup d'œil rageur. Ben oui, mon pépère, j'ai une cape et je ne m'en séparerai pas ! À moins que... J'observe avec plus d'attention le regard de Monsieur Williams et ce n'est pas ma cape qu'il fixe, mais mon panier suintant... Est-ce ma faute si votre faux sang fiche le camp par tous les interstices et tache tout sur mon passage ? Je pose l'horreur puante au centre de la pièce sur un guéridon muni d'une petite nappe blanche. RIP[64] petite nappe blanche, le jus de groseilles (ou quoique ce soit) aura raison de toi !

Je fais un pas en arrière et j'écarte les pans de ma cape d'un geste vif. Je suis sympa, le client voulait une sorcière sexy, il l'a[65]. Quelques mouvements de surprise

---

[62] Comprendre Luc et Serge.

[63] Quoique, dans ce deuxième cas, il soit plus difficile d'être affirmatif. La mauvaise humeur n'est-elle pas l'état normal d'une démone et d'une goule ?

[64] *Rest in peace* (repose en paix).

[65] En fait, je ne suis pas sympa du tout, mais je ne veux pas que

me font comprendre que j'ai touché au cœur - ou ailleurs - plusieurs membres de l'assistance par mon interprétation magnifique et je tonne :

— Adepte des ténèbres, votre quête a été vaine cette nuit ! Nul n'est parvenu jusqu'à moi, l'ultime gardienne. Toutefois, dans sa grande mansuétude, le Dieu sauvage vous envoie ce présent afin que demain vous réussissiez votre quête et que vous le réveilliez dans tout l'éclat de sa férocité.

J'ouvre le panier, plonge la main à l'intérieur, referme les doigts sur... Eurkkk, et je hurle comme une damnée.

Chapitre 7.

Un tour de cochon !

Ma main est pleine de...
— Sang ? Sang !!!
Je crie et, épouvantée, je secoue ma main en tressautant sur place. Je m'essuie avec frénésie sur la cape (RIP petite cape, je t'aimais bien), tout en m'éloignant comme une possédée, et je renverse le guéridon. Damnation ! L'horrible panier tombe et la tête roule sur le tapis, répandant sur son passage le sang qu'elle contient encore. Elle arrête sa course folle sous les cris de l'assistance et nous fixe de son regard mort. Une tête de porc gît sur le sol de ce si beau salon... La vraie tête d'un pauvre cochon décapité. J'ai trimballé cette infamie partout avec moi ! Autour de moi, silence. Les gens n'en croient pas leurs yeux. Je lis sur leurs visages : « Ce n'est pas possible... », « C'est une imitation... ». Ils ne peuvent y croire, mais c'est vrai ! Mon regard se porte sur l'assistance et je me fige sur place. Hystérique au milieu des statues de sel, je suis observée, disséquée, méprisée.

Je découvre les participants à notre week-end de réjouissance. À première vue, la clientèle de Monsieur Williams est triée sur le volet. La plupart des messieurs sont en smoking ou en costume élégant par-dessus lesquels ils ont passé de larges robes noires à capuchon. Les dames, quant à elles, ont fait preuve d'un peu plus de fantaisie et portent soit des robes en lourd velours, soit des toges drapées, sous les mêmes tenues encapuchonnées que ces messieurs. Je ne m'étonne plus d'être restée seule dans les sous-sols... Avec de tels habits, personne de sensé ne descendrait à la recherche de poussières ancestrales et d'araignées de compétition... Mon horrible tenue est d'une vulgarité consommée au milieu de cette assemblée... Grâce à Dieu, pour l'heure, nul ne me regarde plus. Ils sont tous focalisés sur la tête de porc.

Je sens que quelqu'un essuie ma main avec un tissu doux. À côté de moi, le vampire a la mine sombre. Il s'applique à me nettoyer avec son mouchoir en tissu.

— Vous allez abîmer votre mouchoir, bafouillé-je en essayant de récupérer ma main.

— Ne vous inquiétez pas pour le mouchoir, dit-il d'une voix un peu métallique. Ça va ?

— Non, réponds-je les larmes aux yeux.

Je ne sais pas qui m'a joué ce mauvais tour, mais ce n'est pas drôle. J'ai la nausée, je suis pleine du sang de cette pauvre bête, j'ai froid et je veux prendre une douche ! J'entends le son d'une dispute. La voix de stentor de Serge envahit l'espace de la pièce. Des participants se joignent à lui pour hurler sur le loup-garou qui s'abrite derrière sa démone-secrétaire.

— Mais je vous assure que je ne comprends pas ce qu'il s'est passé ! s'indigne-t-il. J'ai préparé moi-même le panier en début d'après-midi, c'était une tête en plastique ! Demandez-lui à elle !

Il me désigne du doigt, ayant trouvé une victime expiatoire. Certains se tournent vers moi pour la première fois, quelques expressions peu amènes confirment ma volonté de laisser cette tenue si racoleuse au placard demain... Je trouverai bien autre chose à me mettre dans la réserve de Muriel !

— C'est vrai, bafouillé-je essayant de me reprendre. J'ai regardé dans le panier à peine arrivée dans les sous-sols et c'était une tête humaine en plastique...

Le loup-garou me fonce dessus, tous crocs dehors.

— Alors c'est vous ! Vous vous amusez bien ? Qui vous a payée pour démolir mon week-end ? Vous travaillez pour qui ?

— Qu'est-ce que vous racontez ? Ce n'est pas moi ! Vous croyez que cela m'amuse d'être couverte du sang de cette pauvre bête ? D'avoir poireauté à moitié nue dans les sous-sols glacés pendant plus de six heures, avant d'être plongée dans l'obscurité au moment où je devais remonter ? Je suis gelée, j'ai eu peur, je suis couverte de sang, je dors sous une tente et je ne peux même pas me laver...

Je suis si fatiguée... Je ne sais pas si c'est le froid, le stress, la peur ou tout en même temps, mais je suis épuisée.

— Si ce n'est pas vous, continue le loup-garou assoiffé de sang, vous n'avez pas tenu votre rôle convenablement ! Vous deviez veiller sur ce panier !

La créature de Frankenstein-Serge vole à mon secours et repousse le loup-garou malfaisant loin de moi. Merci Serge...

— Je vous prierai de respecter ma collègue, gronde-t-il. Chloé est une professionnelle qui a assumé son rôle malgré le froid et la tenue fort légère que vous lui avez imposée. En revanche, je ne sais pas qui en veut à Chloé ici, mais quelqu'un s'est amusé à l'enfermer dans les sous-sols et en a profité pour échanger votre tête factice par celle de cette pauvre bête. Si je trouve qui s'est amusé à faire cela, homme ou femme, il va lui en cuire. Je crois que, maintenant, nous pouvons mettre un terme à cette soirée et nous reprendrons les festivités demain. Mesdames, Messieurs, je vous prie de bien vouloir nous excuser pour ces désagréments bien indépendants de notre volonté. Nous vous souhaitons une bonne soirée.

L'assistance reste stupéfaite un instant et, estimant qu'il n'y a plus rien d'intéressant à attendre de cette mascarade, les joueurs refluent à toute vitesse vers leurs chambres.

— Ça va, ma biquette ?

La voix de Serge, encore empreinte de colère, tente de se faire douce. Je ne sais pas ce que j'ai, je sens des larmes couler au coin de mes yeux, alors que je ne suis ni triste, ni apeurée. Je suis juste usée. Sapée. Minée.

— Ça va, mais je me sens si sale... Tu crois qu'on pourrait faire chauffer de l'eau pour que je prenne une douche ?

— Tout ce que tu veux, biquette.

— Si vous le souhaitez, je dispose d'une chambre avec salle de bains, intervient Marc. Elle est à votre disposition, Chloé.

Serge l'observe un instant de son regard le plus sombre, puis il se détend.

— Si tu veux, je t'accompagne, propose la créature.

— Non, réponds-je. Je crois que Marc est le seul en qui nous pouvons avoir confiance ici...

Serge me regarde éberlué.

— De quoi tu parles, biquette ?

Je passe la main sur mon front. J'ai froid et chaud en même temps, je ne me sens pas bien.

— Rien, je suis fatiguée. Je vais prendre une douche

chez Marc et je vous rejoins.

— T'oublieras pas de rapporter ta robe, me conseille Serge. Il faut qu'on la nettoie avant demain.

— Je ne remettrai pas cette horreur demain, tranché-je. Demande à Muriel de me préparer une autre tenue, avec une veste chaude... En revanche, si elle pouvait nettoyer la cape de Marc, ce serait bien... J'ai mis du sang partout.

Serge m'observe un instant et tend la main pour récupérer la cape. Il jette un coup d'œil suspicieux à Marc dans une expression que mon propre père n'aurait pas reniée. L'intéressé s'en préoccupe comme d'une guigne, il pense à tout autre chose... Quand je suis prête, Marc me fait signe de le suivre et nous partons.

🕷 ☠ 🕸 🗡

Mon Dieu, c'est la meilleure douche de toute ma vie ! Quel plaisir, cette eau chaude qui coule sur moi. J'ai l'impression qu'elle me nettoie du froid qui s'est emmagasiné dans la moindre de mes cellules... Ne parlons pas du sang... Moi qui croyais qu'il s'agissait de gelée de groseilles à l'eau... Brrr... Il faut vraiment être tordu pour faire une blague comme celle-là... Tordu ? Blague ? Est-ce une plaisanterie au final ou était-ce un moyen de détourner notre attention ? Mais de quoi ? Je ne sais pas ce qu'il se passe ici, mais je suis d'accord avec Marc, quelque chose de pas catholique se trame...

Marc a été gentil. Très prévenant. Je sais que j'ai eu un moment de faiblesse mais, foi de Chloé, je vais me reprendre. Pourquoi ai-je été si perturbée d'ailleurs ? En fait, Serge n'a peut-être pas tort quand il dit que quelqu'un m'en veut... Personne ne m'en veut à titre personnel, mais quelqu'un s'est amusé à mettre l'actrice, qui jouait la sorcière, dans des conditions psychologiques lui faisant perdre les pédales à l'apparition de la tête de porc... La question est : Pourquoi ? Et qui ? Le « qui » est plus simple que le « pourquoi ». Qui avait la possibilité de décider où placer les acteurs pendant le jeu ? Les auteurs de l'histoire. D'après Luc, le scénario vient de Monsieur Henry Williams et de sa secrétaire, Madame Gautier. Donc, je sais qui : le loup-garou et la démone. Mais pourquoi ? Qu'est-ce qu'ils trament tous les deux ? Réfléchis Chloé. Quand t'es-tu rendu compte qu'il y avait du sang sous le panier ? Si je dois être honnête, le client n'a pas tout à fait tort... Si j'avais gardé ce maudit panier avec moi toute la journée, personne n'aurait pu y placer cette tête. La difficulté, c'est qu'après être revenue de mon escapade au petit coin, j'ai mis le panier sous le banc et il y est resté toute la soirée. En fait, j'ai bien peur de ne m'être aperçue du changement qu'au moment de remonter... Quelle poisse ! Pourtant, en dehors du fantôme et du vampire, je n'ai vu personne... Concernant le fantôme, je rejoins notre ami à crocs apparents sur son analyse. Le déguisement n'a rien à voir avec les autres participants. Quant au vampire ? Ça tombe bien, je suis toute seule dans sa chambre... Ma petite Chloé, n'aurais-tu pas dû accepter l'offre du grand et solide Serge, qui se proposait si aimablement de t'accompagner ? Punaise de réflexes de femme libérée qui s'assume !!! Si ça se trouve, il y a un psychopathe de l'autre côté de la porte de la salle de bains et, toi, tu prends la douche de la condamnée !!! Inspire, expire ! Marc aurait pu profiter du moment où nous étions seuls dans les sous-sols, s'il avait voulu te mordiller la jugulaire. Inspire, expire ! Réfléchis, Chloé. Tout le monde sait que tu es dans sa chambre, donc ça devrait aller. Bon, assez feignassé sous la douche, il est temps de regagner ta tente froide... dehors... et de traverser le parc dans la nuit toute seule... dans le peignoir que t'a prêté Marc... Je vous ai dit que j'en ai marre ?

Je sors sur la pointe des pieds et je trouve notre vampire assis dans un fauteuil en train de regarder ses mails ou tout autre chose sur son portable.

— Vous allez mieux, Chloé ? demande-t-il avec un sourire sans crocs.

Tiens, il a enlevé ses dents et, en fait, c'est assez rassurant. Je me retrouve en face d'un monsieur très élégant qui me regarde avec une douceur apaisante... Comme psychopathe, on peut faire pire... Stupide cerveau et ton imagination ! Tu me feras avoir une crise cardiaque pour rien un de ces jours...

— Oui, merci beaucoup, ça m'a fait du bien.

— Je vous en prie. Je vais y aller aussi, je tombe de sommeil et le chemin de ronde n'était pas confortable non plus. En revanche, pouvez-vous m'accorder dix minutes, je souhaiterais vous parler avant que vous ne repartiez.

Ouinnn, veux faire dodo[66] !

— Oui, bien sûr...[67]

— Merci beaucoup, dit-il en se levant d'un bond. Je me dépêche.

Et il disparaît dans la salle de bains.

Me voilà une fois de plus bien déconfite. Je meurs de sommeil. Je baille, re-baille, re-re-baille... Punaise, je

---

[66] Oui, quand j'ai sommeil, je régresse !
[67] Je régresse, mais je sais me tenir !

vais tomber par terre. Je m'assieds sur le bord du lit en titubant. Je suis ivre de fatigue. J'espère qu'il n'en a pas pour longtemps... Je re-re-re-baille... Sans m'en rendre compte, je m'enfonce dans la couette... Oh, il a de la chance, elle est douillette et chaude et...

Chapitre 8

Puis-je récupérer mon cerveau ?

Samedi 31 octobre – Temps acceptable. Ambiance louche... Très louche...

Analyse de la situation. Je viens d'ouvrir un œil et j'ignore où je suis. Pas bien, Chloé. Plan B : Focus et concentration... Heuuu... Château hanté en Dordogne... Vampire... Loup-garou édenté... Tente... Tentative de mise en ordre des souvenirs... Tête de porc. Froid. Sang. Douche... Punaise, douche !

Je me lève d'un bond et saute hors du lit. Je me suis endormie dans le lit de Marc ! RIP dignité, tu vas me manquer ! Il est encore tôt, il fait très sombre. Ma vue s'adapte à la pénombre et j'écoute de toutes mes oreilles. Quelqu'un respire dans la pièce. Oh ! Mon ! Dieu ! Je me rapproche du lit, les nerfs tendus. Ouf, le son ne vient pas de là... C'est officiel, j'ai volé son lit à notre Marc-vampire-comptable... La honte ! J'espère qu'en plus, je n'ai pas ronflé comme un bouledogue asthmatique... Oh ! Mon ! Dieu ! Je me suis affalée sur son lit comme une baleine échouée et je me réveille bien installée sous la couette... En plus, il a pris soin de me border sans me réveiller... La situation ne peut pas être plus embarrassante... Quoique, vu ma forme olympique, je peux encore progresser... Essaie de te concentrer, Chloé, avant de faire une autre connerie[68]. As-tu des choses à récupérer avant de partir ventre à terre ? Ma culotte est sur moi (bon point !), mon soutien-gorge aussi (autre bon point !), reste le tas que j'avais fait avec la robe, les bas et le porte-jarretelles... Maudit déguisement de sorcière débile complètement naze ! Il ne manquerait plus que j'oublie le porte-jarretelles dans sa chambre ! *Oups, pardon, Marc, ce n'était pas fait exprès ! Non, je ne vous drague pas ! Je ne vois pas ce qui vous fait dire ça !* Punaise de punaise ! Où sont ces saletés ? Et les talons aiguilles... Oh merde, il va falloir que je traverse le parc de nuit, en peignoir et talons aiguilles... Pourvu que je ne croise personne... Ma pauvre réputation ! Je suis pourtant une femme honnête. Gaffeuse, malchanceuse, mais honnête ! Me voilà à quatre pattes dans la chambre d'un quasi-inconnu en train de chercher où ces satanés vêtements ont pu tomber. Ouf... Ma main se referme sur un truc avec un nœud-nœud. Comme je ne pense pas que Marc ait ce genre d'accessoires[69], cela doit m'appartenir. Bien, un bas, deux bas, le porte-jarretelles et, finalement, la robe. Magnifique, je ne sais pas où sont les chaussures. Je m'en fous, je décampe !

Au moment de passer le seuil de la porte, je suis embêtée. J'ai volé son lit à ce pauvre homme et je n'ai pas même de quoi lui laisser un mot... Tant pis, je le verrai demain.

---

[68] Oui, je dis « connerie » parce qu'au point où nous en sommes, ce ne sont plus des bêtises !

[69] De toute façon, je ne veux rien savoir !

— Bonne fin de nuit, Marc... murmuré-je en sortant.

Je referme la porte et marche sur la pointe des pieds. Agent Chloé, votre mission, si vous l'acceptez, est de regagner votre tente sans créer une nouvelle catastrophe. Mission acceptée, mais vais-je y arriver ?

🕷 ☠ 🕸 🗡

Quand j'entre enfin dans la tente, la troupe est déjà debout. Autour d'un petit réchaud, chacun s'active pour préparer du café, des tartines et tout ce qu'il faut pour affronter une journée de travail dehors fin octobre. Sachant ce qui m'attend, je me drape dans ma dignité et mon peignoir[70]... et j'affronte leur air goguenard, les sifflets et autres insinuations déplacées... Pfff, je méprise ce genre de familiarités. Je suis une blanche colombe et, eux, ne sont que de vils crapauds pas beaux.

— Alors, ma biquette, tu as passé une bonne nuit ? ricane Serge. Je comprends mieux pourquoi tu m'as congédié hier soir...

— Au lieu de dire des bêtises, sers-moi un café, s'il te plaît.

— Mais, avec plaisir, grande prêtresse de l'amour.

— Oh, Serge ! Je suis mariée ! Je me suis endormie comme une truffe sur son lit et, lui, a dormi dans un fauteuil... Du moins, je crois. Mais il n'était pas dans le lit !

Tous ont un air entendu et se moquent de plus belle. Cyrielle s'approche de moi et me tend une brioche.

— Moi, je te crois, Chloé, dit-elle avec conviction, assez fort pour être entendue par les autres couillons.

---

[70] Enfin, techniquement, celui de Marc, mais on ne va pas chipoter !

J'aime de plus en plus notre blondinette.

— Oh, mais ne te méprends pas, Cyrielle, intervient Luc en croquant dans une tranche de pain. Nous la croyons, c'est juste que, pour une fois, Madame Parfaite fait quelque chose d'un peu amusant, alors nous en profitons.

Il me fait un clin d'œil et croque à pleines dents dans sa tartine. Couillon !

— Je constate que tu n'as pas jugé bon de rapporter tes talons aiguilles, glisse Muriel en me fusillant du regard.

Muriel est un amour, mais gare à celui qui égare l'un de ses accessoires !

— Non, réponds-je avec force. De toute façon, vu l'état de mes pieds, je ne comptais pas les remettre... Savons-nous au moins ce que nous avons à faire aujourd'hui ?

— Oui, hier soir, Madame Gautier m'a donné le scénario pour aujourd'hui... Les énigmes étaient trop compliquées hier et les participants n'ont pas quitté le rez-de-chaussée du château. Au final, quand, par mégarde, ils ont trouvé l'un ou l'autre d'entre nous, ils n'ont pas obtenu l'indice puisqu'ils n'avaient pas réfléchi à la façon de nous corrompre... Aussi, les organisateurs ont-ils changé leur fusil d'épaule. Nous devons nous promener dans le château toute la journée et livrer nos énigmes à tous ceux que nous croiserons. En revanche, nous n'avons pas le droit de nous regrouper entre monstres...

Je comprends, au cas où nous pourrions passer un bon moment, ce serait contraire aux principes du méchant loup-garou.

— Et devons-nous distribuer des bonbons ? demandé-je avec sournoiserie à Luc.

Effaré, il reprend le scénario et cherche la réponse, alors que Serge pouffe dans son café.

— Je ne sais pas, ils n'en parlent pas... répond Luc avec sérieux.

J'avale mon café au lait (Serge ne se donne même plus la peine de me demander, il sait comment j'aime mon café) et je tends la main vers le scénario. Voyons ce que nous réserve cette charmante journée.

« Samedi : Les acteurs doivent reprendre leurs rôles respectifs dès 10h du matin. À partir de ce moment-là, les participants pourront arpenter tous les secteurs du château, y compris les écuries, les sous-sols et le chemin de ronde. Au fur et à mesure des rencontres, ils devront délivrer leurs énigmes à tous ceux qu'ils croiseront. Le but étant de faire durer le jeu jusqu'à 19h, heure à laquelle nous nous regrouperons dans le grand salon. Les participants devront alors noter sur un papier un seul et unique mot déduit des différentes énigmes. Ceux qui auront bien trouvé se verront octroyer un trophée. Bonne journée à tous ».

Comme quoi mon instinct est bon. Doudoune et chaussures confortables aujourd'hui ! Je suis une sorcière moderne qui refuse de se peler les fesses une minute de plus dans ce château ! Voyons quelles sont les énigmes...

« • L'énigme de la goule : « Démon, je t'étouffe la nuit quand tu dors ».
• L'énigme du loup-garou : « Plus rapides

que le vent, nous dévastons et nous vengeons ».

● L'énigme de la démone : « Sur la galerie des chimères, je veille ».

● L'énigme du vampire : « Couronné d'escarboucle, je tue ».

● L'énigme de la gorgone : « Âme vagabonde, j'erre non loin de ceux que j'aimais ».

● L'énigme de la créature de Frankenstein : « Colosse à l'appétit insatiable, je dévore les enfants ».

● L'énigme du satyre : « Géant des montagnes du nord, je hais les hommes ».

● L'énigme de la sorcière : « Âmes viciées des rois du temps passé, nous le cherchons ».

Ben, punaise, je vais avoir de quoi réfléchir dans la journée... Sans téléphone, c'est un peu délicat, mais intéressant. J'ai toujours aimé les énigmes et celles-ci me gratouillent l'esprit... Il y en a une ou deux qui...

— Regardez-là, s'amuse Serge, elle est toute frétillante à l'idée de percer le secret.

— Tu as bien du courage, je n'ai rien compris ! s'inquiète Cyrielle.

— C'est sympa ces énigmes, renchérit Luc. Ça te donnera l'occasion d'échanger tes déductions avec le vampire.

Serge et Luc s'esclaffent. Je leur tire la langue pour seule réponse ! Je relis le scénario une dernière fois et le tends à Luc.

— Y a-t-il un exemplaire pour moi ?

— Oui, confirme Luc. Tu vas pouvoir t'amuser.

Je lui fais une grimace, avant de demander :

— On peut garder nos portables aujourd'hui ?

— Non, toujours pas !

Je râle. Ça ne va pas être simple à déchiffrer sans internet... De plus, je serais très étonnée que les participants se plient à cette règle du jeu. D'après ce que j'ai vu, les joueurs sont des personnes aisées ayant le portable greffé à la main ou à l'oreille... De là à les priver de l'extension de leurs cerveaux, il y a un monde. Du coup, je suis désavantagée mais, foi de Chloé, je trouverai la solution à l'énigme par la seule puissance de mes petites cellules grises[71] !

Trois heures plus tard, nous sommes tous fin prêts pour affronter cette nouvelle journée d'épouvantes... Pardon, de réjouissances. Cyrielle est de nouveau en gorgone et est bien décidée à ne hanter que les pièces les plus chaudes du château (comme elle a raison !). Luc est toujours en bidon apparent (en satyre) et a donc tranché dans le vif en imposant sa présence dans les pièces chauffées. Par conséquent, Serge et moi avons été désignés pour hanter les jardins et autres extérieurs. Notre colosse de Frankenstein a pris ses précautions et s'est muni de multiples épaisseurs contre le froid. Pour ma part, vous vous doutez bien que les tenues affriolantes se passeront de mes gambettes ! Je suis une sorcière sexy sous mes couches de vêtements[72]. Bon d'accord, je vous décris ma tenue. Après négociations serrées avec Muriel, nous sommes parvenues à un compromis. Exigence de notre habilleuse : longue robe en velours

---

[71] C'est mon côté Hercule Poirot ! Non, je n'ai pas de moustache !

[72] Si, si, je vous jure, c'est possible !

lie-de-vin au décolleté extravagant, retenu par des lacets[73], avec des découpes elles aussi à lacets sur les hanches[74]... Contrepartie remportée de haute lutte par Chloé : un long manteau noir à capuchon que j'ai promis d'ouvrir à chaque fois que je rencontrerai quelqu'un[75]. En outre, comme la robe est très longue et que j'ai mal aux pieds, je porte mes bottes cavalières ! Youhou ! Bref, une sorcière certes sexy, mais sous le manteau. Un bon compromis en somme !

Les plans de survie de Chloé[76]

Plan A : Silence et observation.

Plan B : Focus et concentration.

Plan C : Éducation et savoir-vivre (ne pas voler le lit d'autrui...).

---

[73] Pour un peu, on voyait mon nombril... Oui, je suis restée coincée sur la remarque de Marc au sujet de mon nombril !

[74] C'est vrai qu'il restait une zone de mystère sur mon anatomie, ç'aurait été dommage de priver le monde de cette merveille... Punaise !

[75] Compte là-dessus et bois de l'eau fraîche !

[76] Oui, cette nouvelle règle s'intègre parfaitement dans mes plans de survie. Il ne faut pas dormir dans le lit des inconnus ! C'est dangereux ! A fortiori, quand l'inconnu est pourvu de crocs !

Chapitre 9.

Mystère quand tu nous tiens !

Je profite de cette belle journée d'automne en me promenant dans le parc. Pour le moment, je n'ai pas rencontré âme qui vive[77] et je n'ai donc livré mon énigme à personne. Pour passer le temps, je me suis amusée à tenter de résoudre la liste fournie par les vilains organisateurs[78]. J'ai tout bien noté sur un papier, vous voulez le voir ? D'accord, comme je suis bonne fille, je vous montre :

- Démon, je t'étouffe la nuit quand tu dors : ?
- Plus rapides que le vent, nous dévastons et nous vengeons : ?
- Sur la galerie des chimères, je veille : Notre-Dame ? Gargouilles ? Stryge ?
- Couronné d'escarboucle, je tue : ?
- Âme vagabonde, j'erre non loin de ceux que j'aimais : Fantôme ? Revenant ?
- Colosse à l'appétit insatiable, je dévore les enfants : Ogre ? Géant ? Cyclope ?

---

[77] J'ai peut-être croisé un ou deux fantômes, mais je ne m'en suis pas aperçue...

[78] Les cousins éloignés des G.O. (gentils organisateurs).

● Géant des montagnes du nord, je hais les hommes : ?
● Âmes viciées des rois du temps passé, nous le cherchons : Nazgûl ! Mon précieux !

Donc, vous l'avez compris, il s'agit d'énigmes où nous devons découvrir des noms de monstres[79]. En revanche, certaines sont compliquées et je ne vois pas - pour le moment - quel mot pourrait faire la synthèse de tout ceci. À moins qu'il ne s'agisse de « monstre » et, dans ce cas, je vais être très déçue ! Remboursez ! Comment ça, je suis payée pour participer... Ah oui, je suis payée pour résoudre des énigmes[80] ! Chouette ! Cela rattrape le fiasco d'hier ! Enfin, pas tout à fait, la tête de cochon me reste en travers du gosier... D'ailleurs, au lieu de m'amuser, je ferais mieux de me préoccuper du loup-garou et de la démone ! Que ce soit l'un ou l'autre ou les deux, ce mauvais coup vient forcément d'eux ! Qui d'autre ? Certes, les autres « acteurs » étaient au courant pour mon panier, mais nous n'avons reçu le scénario qu'au dernier moment. Le temps pour préparer ce sale coup a donc manqué à tous les autres, sauf à ceux qui ont décidé de l'histoire. Oui, je vous confirme que j'exclus d'office les joueurs. Je refuse de croire que l'un d'eux se promène avec une tête de porc sanguinolente dans les bagages... Ou alors, Houston, on a un super problème[81] ! Il faut que je discute avec le vampire... Déjà je dois le remercier pour hier soir (si je ne suis pas malade aujourd'hui, c'est grâce à son aide) et pour savoir ce qu'il pense de mon

---

[79] Ça tombe bien, c'est Halloween !
[80] En fait, non, pas du tout... Je suis payée pour me peler les fesses...
[81] Du genre Alien dans la navette !

hypothèse... De plus, je voudrais avoir plus de détails sur le fantôme qu'il a vu... Non, je ne cherche pas d'excuse pour voir Marc[82] !

🕷 ☠ 🕸 🗡

J'ai eu beau fouiller le parc dans ses moindres recoins, impossible de mettre la main sur le vampire ! Je vais essayer à l'intérieur du château ! Dès la première salle, je tombe sur Cyrielle, qui profite de la chaleur d'un bon feu dans la bibliothèque[83]... Il fait si chaud dans cette pièce que j'enlève mon manteau... Tant pis pour la pudeur.

— Comment vas-tu, gorgone de mon cœur ?

— Très bien et toi ? dit-elle en descendant d'une chaise. J'ai presque vu tout le monde ! C'est une cachette sympa la bibliothèque !

Que ce soit sympa, je veux bien, mais le propre d'une cachette n'est-il pas de demeurer caché et non pas de recevoir la visite de tous les quidams des environs ? Bref... Que faisait Cyrielle debout sur une chaise ? Je verrai plus tard... Procédons par ordre.

— As-tu vu un fantôme traîner dans les coins ?

Elle me regarde avec les yeux ronds.

— Non, juste les joueurs... Ils portent des espèces de manteaux sombres...

— Non, je cherche un fantôme basique, un drap troué au niveau des yeux...

— Non, je ne l'ai pas vu, dit-elle le regard dans le vague. Tu viendras déjeuner avec nous sous la tente ?

— Oui, avec plaisir !

Cyrielle m'étonne, elle a l'air un peu absente...

---

[82] Vous êtes casse-pieds, vous aussi !

[83] Il y en a qui profitent ! Je dis ça, je dis rien !

D'habitude, elle nous ensevelit sous les mots et, là, elle parle par phrase courte, ne relance pas la conversation... Bizarre...

— Quelque chose ne va pas, Cyrielle ?

Elle paraît surprise.

— En fait, je suis un peu étonnée, commence-t-elle. Tu sais que j'ai fait histoire de l'art à l'université ?

— Oui...

— Eh bien, c'est étrange... Dans ce genre de château, on pourrait tout de même s'attendre à tomber sur des œuvres originales, n'est-ce pas ?

— Oui, confirmé-je alors que mon cerveau se met en mode alerte rouge.

— Regarde, me dit-elle en m'entraînant vers le tableau devant lequel elle a placé une chaise.

Un joli tableau, une nature morte représentant un bouquet de lilas et de fleurs blanches, avec une coupe de fruits sur une table... Il est très bien exécuté...

— C'est un tableau d'Henri Fantin-Latour de 1866. Je le sais, je l'ai étudié. Ce qui me surprend, c'est la signature.

Alliant le geste à la parole, Cyrielle grimpe de nouveau sur la chaise.

— Tu vois, en haut à gauche, il y a une signature, mais le faussaire a signé Fontin-Latour et non pas Fantin-Latour... Cette copie est très proche de l'original, mais cette erreur sur la signature est perturbante... Comme si le peintre avait voulu signifier qu'il s'agissait bien d'une copie et non pas d'un faux.

— Pour le moment, je ne vois pas le problème.

— Et si je te dis que Monsieur Williams s'est enorgueilli de détenir l'original auprès de l'un des joueurs ?

Je fronce les sourcils et reporte mon attention sur la

nature morte... Si c'est une copie, elle est très bien réalisée... Pour les amateurs non-éclairés, elle peut passer pour l'original...

— Ce n'est peut-être qu'un mensonge pour se faire mousser...

— Pas si ce tableau est supposé garantir un prêt.

— Je te demande pardon ?

Cyrielle acquiesce d'un vigoureux coup de tête... Effectivement, son histoire prend une tout autre dimension... L'image des deux hommes marchant dans le couloir me revient à l'esprit. Que disait le plus jeune ? « Il vous a trompé... ». Houston, je ne voudrais pas abuser de votre patience, mais on a encore un problème !

— Tu crois que ce tableau pourrait passer pour l'original après expertise ? m'enquiers-je.

— Non, juge Cyrielle. Si je me suis aperçue de la supercherie, n'importe quel expert s'en rendra aussi compte.

N'importe quel vrai expert, mais pas un complice... Il faut que je mette mes idées au clair...

— Tu as parlé de ta découverte à quelqu'un ?

— Non...

— Alors n'en parle pas, décidé-je. Je ne sais pas sur quoi tu as mis le doigt, mais cela ne me plaît pas... Remets la chaise où tu l'as trouvée et va ailleurs.

Cyrielle hoche la tête, un peu troublée. Elle range la chaise avant de disparaître. Je jette un dernier coup d'œil au tableau... Rudement bien imité quand même...

*L*a découverte de Cyrielle occupe mon esprit, le tord dans tous les sens, le mastique et le recrache, mais je ne suis pas plus avancée pour autant ! C'est frustrant. Pour le moment, c'est trop flou, mais ça sent le soufre ! Pendant le déjeuner, j'ai demandé, en toute discrétion[84], à Cyrielle si elle avait repéré d'autres faux et elle me l'a confirmé. D'après elle, les tableaux dans le couloir et le bureau sont aussi des faux... ou des copies si Monsieur Williams ne tente d'escroquer personne avec... Quant à savoir si notre loup-garou est honnête ou non, je n'en ai pas la moindre idée... Il faut que je mette la main sur ce vampire ! Punaise, où est-il passé ? J'arpente le château de long, en large et en travers sans réussir à mettre la main sur ce comptable à crocs ! Je rejoins le chemin de ronde et, pour ma plus grande joie, le vent est glacial dans les hauteurs du château... Punaise !!! Mais qu'est-ce que j'ai fait au bon Dieu pour me geler tout ce week-end... Attends, ce n'est pas un drap blanc que je viens de voir disparaître un peu plus loin ? Aïe, ça sent encore plus le soufre... Je prends mon courage à deux mains. Pour l'instant, rien ne prouve que je ne me fais pas des idées. Pour ma défense, j'ai été mise dans cet état d'esprit par mes mésaventures d'hier. Quant à savoir pourquoi cette tête de cochon est apparue dans mon panier, mystère... Quel était le but de la manœuvre ? Une mauvaise plaisanterie, j'ai du mal à y croire. C'est se donner beaucoup de mal pour perturber une simple actrice... À moins que... Oui, pourquoi n'y ai-je pas pensé plus tôt ? À moins que cette tête ne soit

---

[84] Si ! Je peux être discrète quand je veux ! Bon, d'accord, Luc et Serge m'ont fixée comme des sphinx suspicieux pendant toute notre conversation, mais bon ! Essayez d'être discret sous une tente !

un avertissement pour quelqu'un d'autre ! J'ai aussitôt conclu que ce mauvais tour avait été fait pour me mettre dans un état de nerfs qui me ferait hurler comme une damnée dans la salle, soit pour choquer les joueurs, soit par malveillance, mais si la solution était plus complexe... Zut, j'étais si perturbée que je n'ai pas pris soin de regarder les participants. Si ça se trouve, l'un d'eux a très bien compris le message. Re-zut, avec cette idiotie de priver les joueurs de leurs portables, personne n'aura filmé la scène. Il faut que je sache si l'un des participants s'est fait porter pâle. Changement de direction : je vais chercher la démone... Non, mauvaise option. Elle ne m'inspire rien de bon. Qui d'autre en ce cas ? La cuisinière ! Elle doit savoir si quelqu'un est parti ou non... Direction la cuisine[85] !

🕷 ☠ 🕸 🗡

Mais qu'est-ce que c'est que ce bazar ? Atteindre la cuisine s'est avéré un vrai parcours du combattant ! Impossible d'avancer d'un mètre sans tomber sur un participant qui voulait mon énigme. Je leur délivre alors ma phrase sibylline pour les non-adeptes de Tolkien[86] : « *Âmes viciées des rois du temps passé, nous le cherchons* ». Et ces couillons de repartir en marmonnant : « Celle-là

---

[85] Au moins, je sais où trouver la goule-cuisinière ! Pas comme ce maudit vampire après lequel je cours depuis des heures... Comment c'est normal ? Je me fiche qu'il fasse jour ou pas, puisque c'est un faux vampire ! Ne vous y mettez pas vous non plus !

[86] Ouh punaise ! Qui a dit : « Je connais pas » ? John Ronald Reuel Tolkien, le génialissime auteur du « Seigneur des anneaux », de « Bilbo le hobbit », du « Silmarillion » et de tant d'autres écrits passionnants... Laissez tomber, je ne vous parle plus !

non plus, je ne l'ai pas comprise... ». Mécréant ! Hors de ma vue ! Misérables trolls des montagnes !!! Trolls des montagnes ? Attends voir mon papier...

● *Géant des montagnes du nord, je hais les hommes : ?*

Cela pourrait être un troll ! Petite minute de triomphe personnel ! Je suis trop forte ! Si je reprends tout, cela donnerait[87] :

● Démon, je t'étouffe la nuit quand tu dors : Je ne sais pas...
● Plus rapides que le vent, nous dévastons et nous vengeons : Des divinités vengeresses ? Mais dans quelle civilisation ? Fichtre, pas simple...
● Sur la galerie des chimères, je veille : Dans mes souvenirs, la galerie des chimères a été ajoutée à Notre-Dame par Viollet-Le-Duc... La Stryge ? Peut-être... De toute façon, les gargouilles n'en font pas partie, elles sont bien plus anciennes...
● Couronné d'escarboucle, je tue : Aucune idée...
● Âme vagabonde, j'erre non loin de ceux que j'aimais : Fantôme ? Revenant ? Je dirais plutôt revenant, ils reviennent à ceux qui les connaissent et sont moins évanescents que les fantômes... Pour moi, un fantôme a une forme floue, alors que le revenant a une forme proche de celle de son ancien corps. Oui, ça doit être

---

[87] Vous permettez ? Je réfléchis. Quoi l'enquête ? Nous ne sommes même pas sûrs que ce soit une enquête !

revenant...

● Colosse à l'appétit insatiable, je dévore les enfants : Ogre ? Géant ? Cyclope ? Plutôt l'ogre, les cyclopes et les géants ne s'attaquent pas spécifiquement aux enfants, alors que les ogres... C'est leur spécialité... « Chair fraîche !!! », ça me glaçait le sang dans le « Petit Poucet », quand j'étais enfant...

● Géant des montagnes du nord, je hais les hommes : Troll. Oui, ça doit être troll... Au moins, ces nuls ont servi à quelque chose !

● Âmes viciées des rois du temps passé, nous le cherchons : Nazgûl. Mon précieux ! Bref, vous avez compris : j'adore Tolkien !

Si je fais la synthèse, j'ai : stryge, revenant, ogre, troll et Nazgûl... Tout un programme ! Une belle brochette de monstres, mais quant à trouver leur point commun... Ils aiment tous assassiner les humains et faire le mal, mais n'est-ce pas le propre des monstres ? Voyons les autres énigmes, il en reste trois...

● Démon, je t'étouffe la nuit quand tu dors : Un démon qui étouffe...

● Plus rapides que le vent, nous dévastons et nous vengeons : Des divinités vengeresses...

● Couronné d'escarboucle, je tue : Escarboucle, ça me dit quelque chose. Je ne sais pas pourquoi mais je le relie au Moyen Âge... En revanche, je ne me souviens plus...

Zut, je crois bien que je vais en rester là pour le moment... Tant pis ! Il faut que je trouve le vampire pour savoir si l'usage de faux en garantie d'un prêt fait partie des habitudes de son client... Mais d'abord, la goule-cuisinière[88] !

---

[88] Si on m'avait dit un jour que je passerai un week-end à courser des monstres, je ne l'aurais pas cru !

Chapitre 10.

Conversation avec une goule...

*L*a goule-cuisinière ou cuisinière-goule, comme vous préférez, ne semble pas ravie de me voir. D'après ce que je comprends, elle râle contre la surcharge de travail invraisemblable, que lui a mis son patron sur le dos, durant tout le week-end. Ayant trouvé une nouvelle oreille dans laquelle se déverser, elle s'en donne à cœur joie et vocifère de plus belle :

— Vous comprenez, c'est comme pour vous. Aucune considération pour les gens avec qui il travaille. À part Madame Isabelle Gautier, c'est bien la seule qui trouve grâce à ses yeux.

Elle s'arrête un instant et me jette un regard scrutateur.

— Pour dire vrai, quand je vous ai vu arriver avec votre tenue si vulgaire, je me suis dit : « Voilà encore une fille qui arrondit ses fins de mois avec ses fesses ». Si vous me passez l'expression...

Heu, non, pas vraiment...

— Après, j'ai appris par la petite jeune avec des serpents sur la tête que c'était encore une exigence du patron. Ben, je vous ai plainte ! Vous n'deviez pas être à votre aise dans cette tenue ! Franchement, quelle idée ! Et quand, en plus, j'ai compris que cette garce de secrétaire vous avait flanquée toute la soirée dans les sous-sols, pour sûr j'ai pas envié votre place ! Quelle vipère, celle-là ! Si vous me passez l'expression !

Cette fois, ça va... Surtout si je dois ce traitement de faveur à Madame Gautier... Elle va m'entendre la démone !

— Jalouse comme pas deux, la secrétaire ! Quelle purge ! C'est que vous êtes drôlement bien faite ! De longues jambes, une belle allure et tout ce qu'il faut où il faut ! Le nombre de fois où on m'a demandé où était la sorcière aujourd'hui ! Vous en avez fait tourner des têtes !

Sidération. Moi, qui n'aie vu personne de la journée dans les bois, ils devaient tous fouiller les sous-sols...

— Je vous ai à la bonne et vous méritez bien une récompense. Vous voulez une part de gâteau au chocolat ?

Bénie soit cette femme ! Quelle merveilleuse goule-cuisinière !

— Oui, merci beaucoup ! Je dois avouer que je me suis promenée dehors toute la journée et j'ai une faim de loup !

Elle ouvre un immense four derrière elle, dans lequel pas moins de cinq splendides gâteaux attendent d'être mangés. Elle me tend une assiette avec une belle part, le gâteau est encore chaud. Quel délice !

— Je vois que vous avez déjà commencé à distribuer le dessert, insinué-je.

— Ne m'en parlez pas, depuis qu'ils ont senti cuire les gâteaux, je suis harcelée par tous ceux qui passent devant la cuisine et je peux vous dire qu'ils sont nombreux. Sans compter ce gredin de jardinier qui m'a volé la moitié d'un gâteau à lui tout seul...

Jardinier ? S'il y a un jardinier dans le château, pourquoi Monsieur Williams est-il allé chercher son comptable pour tenir le rôle du vampire ? Deux solutions : soit le jardinier est occupé à faire autre chose ce week-end, soit le vampire m'a menti et c'est lui qui a demandé à tenir ce rôle...

— Il ne me semble pas avoir vu le jardinier, réfléchis-je à haute voix[89]. Il joue quel rôle ?

— Aucun ! C'est un sauvage, un solitaire ! Pour sûr, même si le patron lui avait demandé de jouer un rôle, il aurait refusé.

Je hoche la tête d'un air entendu et je finis mon gâteau avec une joie certaine et un brin de nostalgie... Déjà fini... RIP gâteau au chocolat, tu vas me manquer !

— Ça fait longtemps que vous travaillez pour Monsieur Williams ?

Elle a l'air surprise. Il semblerait que les visiteurs soient plus intéressés par la possibilité de lui voler ses gâteaux que de se préoccuper d'elle. Elle se remet à préparer une farce pour les six poulets qui trônent sur la table.

— Ma foi, cela fait déjà quelque temps. Le patron a racheté le château il y a sept ou huit ans, j'ai commencé à travailler pour lui un ou deux ans plus tard. Ça fait à peu près six ans. J'en ai vu passer des gens ici, mais ce n'est plus ce que c'était. Pour sûr, le patron ne s'était pas si mal débrouillé que ça au début. Il y avait du monde, l'argent rentrait, mais le divorce a tout emporté. Quand Madame est partie, je peux vous dire qu'elle a fait le vide ! « Tu veux garder le château ? » qu'elle disait. « Grand bien te fasse, moi je me

---

[89] Ça s'appelle tendre une perche. Prenez des notes.

dédommage avec les meubles ». Pour sûr, elle en a emporté des meubles, des tableaux et des statues, un vrai pillage pour dire la vérité. Après, cela n'a plus jamais été pareil. Le patron pensait que la clientèle continuerait à venir pour le château, mais il faut croire que les gens venaient pour Madame. Elle était de la haute et la plupart des visiteurs la connaissaient...

— Pourquoi ont-ils divorcé ?

— Comme d'habitude, elle l'a surpris avec une femme dans son lit et elle est partie... On dit souvent que c'est Madame Gautier qui était dans le lit...

J'acquiesce en silence. C'est une mine d'or cette femme... Un peu trop peut-être...

— Est-ce que vous avez revu Madame Williams dernièrement ?

Elle éclate de rire.

— Pour sûr que non. Elle aurait bien tort de revenir. Avec tout ce qu'il lui a jeté à la figure... Tiens, par exemple, hier soir ! Cette plaisanterie de mauvais goût, ça m'a fait bizarre.

— À moi aussi ! dis-je sans réfléchir.

Zut, je l'ai coupée dans son élan et elle risque de ne pas me donner l'information ! Plan A, Chloé ! Silence et observation !

— Je veux bien vous croire, j'aime pas ça non plus les têtes d'animaux. Quand je cuisine, je préfère ne pas réfléchir à ce que je fais.

Et voilà, bim, bravo Chloé, elle change de sujet.

— Qu'est-ce qui vous a fait bizarre hier soir ?

— Ah oui, le porc ! Quand elle a pris ses cliques et ses claques, elle lui a laissé une drôle de surprise dans le lit. Une tête de porc toute sanguinolente comme celle d'hier soir !

Houston, on ne s'en sortira pas cette fois-ci, il y a

trop de problèmes ! Je n'aime pas ça du tout et je me demande si je ne me suis pas fourvoyée depuis le début... J'ai laissé l'antipathie que j'avais pour Monsieur Henry Williams influencer mes pensées... Et si c'était lui la victime ? Aïe, aïe, aïe, faut que je reprenne tous mes raisonnements...

— Et celui qui joue le vampire, vous le connaissez ?

— Pas vraiment, répond-elle en réfléchissant le couteau en l'air[90]. Je l'ai bien vu deux ou trois fois avant, mais c'était comme client, je m'intéresse pas aux clients...

J'acquiesce. Ce serait comme me demander de m'intéresser à chaque spectateur qui vient à l'un de nos spectacles. Impossible de se souvenir de tout le monde. Surtout que d'habitude, les clients n'ont rien à faire dans les cuisines... Je remercie la dame à la si grande bouche et aux crocs si aiguisés... Je m'apprête à sortir, quand je porte l'estocade à la Colombo !

— Est-ce que vous savez si quelqu'un est parti cette nuit ou ce matin ?

— Non, pas à ma connaissance... Si c'était le cas, je le saurais à cause du nombre de couverts. Au fait, vous et votre troupe, vous mangez quoi sous votre tente ?

J'inspire par le nez pour contenir ma désillusion.

— Ce qu'on arrive à préparer sur un réchaud de fortune...

Elle hoche la tête, compatissante.

— Vous voyez, c'est tout juste ce que je disais au début. Du temps de Madame, les acteurs mangeaient avec les clients. La plupart étaient ravis de pouvoir parler à des artistes... C'est tellement différent de leur

---

[90] Je vous assure que ça fait un drôle d'effet cette goule armée d'un couteau...

vie. Je ne promets rien, mais je vais voir si j'ai le temps de vous faire un petit truc pour ce soir. Ça vous changera.

Elle appuie sa proposition par un clin d'œil et je comprends qu'elle doit se remettre au travail. Je ne sais pas combien de repas elle doit réaliser toute seule, mais je comprends pourquoi elle vocifère. C'est un travail de titan...

Le moins que l'on puisse dire c'est que cette brave dame m'a donné de quoi penser... Pour résumer : Monsieur Williams a des problèmes d'argent ; son ex-épouse est partie avec la plupart des meubles, ce qui pourrait expliquer la présence de copies ; la tête de cochon lui était probablement adressée, d'où sa fureur contre moi... Plus je cherche, plus ça s'obscurcit. Pourtant, vous ne m'ôterez pas de la tête que quelque chose de sombre est en train de se préparer. Quoi, je l'ignore, mais je confirme : ça sent le soufre...

Chapitre 11.

Vampire, où es-tu ?

près ma conversation avec la goule bavarde, je me suis de nouveau mise en quête du vampire. J'ai même poussé l'audace jusqu'à toquer à la porte de sa chambre, mais impossible de mettre la main sur cette créature de la nuit. Tant pis, je ferai sans lui... En fait, je n'ai plus besoin de lui, puisque cette charmante cuisinière s'est donné la peine d'éclaircir ma lanterne[91]... Je repars d'un bon pas sans réfléchir à ma destination. Je marche juste au hasard, consciente que je dois prendre le temps d'organiser les informations que j'ai recueillies dans ma petite tête. J'entends d'ici la voix de Luc : « Ne cherche pas des mystères partout, Chloé ! ». Eh bien si ! Ça m'amuse et ça m'intéresse ! Les histoires des autres sont toujours passionnantes, surtout quand votre propre vie est loin d'être parfaite. Comprenons-nous bien, je ne me plains pas ! Ce serait du dernier ridicule. Je suis mariée, j'ai deux beaux enfants en bonne santé, mon mari travaille et subvient à nos besoins matériels... Mais voilà, c'est le

---

[91] Non, je n'ai pas une tête de citrouille, même si c'est Halloween !

cœur du problème... Pierre-Marie a perdu beaucoup de son intérêt pour la famille. En revanche, j'ignore si c'est son manque d'intérêt pour nous qui le pousse à consacrer tant d'heures à son travail ou si c'est son activité professionnelle chronophage qui l'a éloigné de nous, mais les faits sont là... Nous ne partons plus en vacances ensemble (« Pars, je te rejoindrai » et il ne vient pas), nous nous croisons le soir, les enfants ne le voient quasiment plus en semaine (« Ils sont déjà au lit ? », oui, à dix heures du soir, ils sont au lit) et le dimanche, il part au golf pour décompresser (« Il faut bien que je fasse quelque chose qui me plaît de temps en temps », mais, bien sûr, je comprends qu'une activité en famille soit un repoussoir pour toi). Bref, vous l'aurez compris, j'ai beau faire, je ne sais plus comment ramener Pierre-Marie vers nous... Heu, pourquoi je pense à Pierre-Marie, alors que j'ai un mystère autrement plus sympa à résoudre ! Peut-être parce que nous n'avons ni discuté, ni échangé, ni pris contact depuis mon départ jeudi matin... Manifestement, je ne lui manque pas et inversement... Là aussi, ça sent le soufre !

Bon, assez digressé, direction l'extérieur, j'ai besoin d'air frais pour réfléchir. La chaleur de la cuisine était suffocante et les étages ne sont guère mieux ! J'évite un groupe d'adeptes des mystères d'Halloween et je réussis à sortir sans attirer l'attention sur la sorcière sexy que je suis[92]...

L'air frais me fouette le visage, mais cela me fait un bien fou ! J'ai l'impression que mes idées s'éclaircissent. Donc reprenons dans l'ordre les

---

[92] Si, dessous le manteau et les bottes, il y a une sorcière sexy !

éléments du problème :

1 – Nous sommes engagés à prix d'or pour un week-end de figuration ne requérant aucune compétence artistique ;
2 – Le client semble avoir des difficultés financières ;
3 – Les caisses en bois dans les sous-sols ;
4 – La tête de porc dans mon panier ;
5 – La tête de porc laissée dans le lit du client par son ex-femme ;
6 – Le fantôme qui rôde ;
7 – La copie du tableau que le client propose en garantie d'un prêt ;
8 – L'engagement du comptable pour tenir le rôle du vampire ;
9 – La privation de téléphone portable pour les participants et les acteurs. Zut, j'aurais pu demander à la goule-cuisinière si elle disposait du sien... ;
10 – ... Je crois que j'ai fait le tour...

Rien de très précis en fait, mais je ne sais pas pourquoi je n'arrive pas à m'ôter de la tête que quelque chose se trame autour des caisses de transport... Si les tableaux avaient été des originaux, j'aurais soupçonné un vol ou une arnaque à l'assurance... Mais ils sont faux, du moins ce sont des copies qui se transformeront en faux le jour où Monsieur Williams s'en servira comme garantie... À moins qu'il n'existe encore quelques originaux que Monsieur Williams s'apprête à remplacer par des copies ? Je ne sais pas. Je ne suis pas assez affûtée en histoire de l'art pour juger du caractère original ou non d'une œuvre... Toutefois, d'après la cuisinière, il ne restait pas grand-chose après le départ de l'ex-épouse de notre client...

— Chloé !

Je me retourne et tombe nez à nez avec le vampire. Il suffit d'arrêter de le chercher pour le trouver celui-là ! Sale créature sournoise ! Marc sourit devant ma mine renfrognée.

— Bonjour voleuse.

Oups, j'avais oublié pour le lit... Du coup, je pique un fard. C'est malin[93] !

— Bonjour Marc, je suis désolée pour votre lit... Je ne l'ai pas fait exprès...

Il prend un air désolé.

— Vous me brisez le cœur, Chloé. Je pensais que c'était une manœuvre délibérée pour dormir avec moi.

— Oh ! dis-je en lui donnant une tape. Comment osez-vous !

Il rit, découvrant une paire de crocs toujours aussi glaçante.

— D'accord, d'accord, je vous embête, mais vous êtes tellement drôle. Vous partez au quart de tour...

Je l'observe, un rien boudeuse. Si lui s'amuse bien, moi je mène une enquête ! Enfin, non... Si, mais pas officielle...

— Monsieur Williams n'avait pas besoin de vous pour le rôle du vampire, il dispose d'un jardinier. Dans ce cas, pourquoi êtes-vous là ?

Marc me regarde, l'air goguenard.

— Miss Marple, sortez de ce corps !

— Je suis sérieuse !

— Alors ce que dit votre ami le satyre est vrai... Vous adorez résoudre les mystères...

---

[93] Quand je vous dis que c'est sournois un vampire !

Luc ? Qu'est-ce que tu es encore allé cancaner ?

— Vous avez enquêté sur moi ? m'indigné-je.

— Tout comme vous enquêtez sur moi...

Mais ? Ce n'est pas vrai ! Enfin, un petit peu... Mais c'est à titre professionnel ! Enfin... Bref, vous voyez ce que je veux dire !

— La cuisinière qui est une bavarde impénitente, comme vous avez pu le constater, m'a rapporté que vous souhaitiez savoir si elle me connaissait.

— Je vous aurais volontiers posé la question en personne, mais je ne vous ai pas trouvé ce matin et ce n'est pas faute de vous avoir cherché.

— Si j'avais su qu'une aussi aimable créature me cherchait, je me serais dévoilé.

Je ne relève pas « aimable créature », j'ai autre chose à faire pour le moment, mais je note. S'il continue à ce rythme, la facture du vampire va être salée.

— Où étiez-vous ?

Il sourit en coin.

— Suis-je suspecté d'un quelconque méfait, Miss Marple ?

— Je cherche à savoir si je peux vous faire confiance.

— Pourquoi ?

— Vous savez très bien pourquoi.

Il fait une grimace. Je l'ai perdu. Je reprends :

— Le fantôme. Je suis d'accord avec vous, quelque chose se prépare, mais j'ignore quoi et le but de ces manigances.

Il jette un coup d'œil autour de nous, puis il s'empare de mon coude pour me faire avancer le long de l'allée. Nous nous enfonçons davantage dans le bois. Le vampire est-il en train de se transformer en grand méchant loup ?

— Que voulez-vous savoir ? me demande-t-il de but en blanc.

— Êtes-vous vraiment comptable ?

— Oui.

— Avez-vous connu Monsieur Williams au moment de son divorce ?

Il est étonné, mais répond :

— Non, mais je connais le dossier.

— Est-ce vrai que l'ex-épouse de Monsieur Williams est partie avec tous les meubles, les statues et les tableaux de valeur ?

— Vous avez conscience que ce genre d'informations est couvert par le secret professionnel ?

— Oui, mais j'ai besoin de savoir si les tableaux suspendus dans le château sont authentiques ou pas.

— Pour ceux qui sont suspendus actuellement, je n'en sais rien. Pour ceux qui ont fait l'objet du partage au moment du divorce, ils étaient authentifiés. Quel est le lien avec le fantôme ?

Je jette un coup d'œil à la ronde. Pas de fantôme, ni de démone, ni de loup-garou...

— Cyrielle, qui est diplômée en histoire de l'art, a repéré trois copies fort bien exécutées, mais contenant des erreurs, notamment au niveau de la signature de l'artiste. D'après elle, le copiste a voulu signifier par ces erreurs qu'il s'agissait de copies et non pas de reproductions frauduleuses. Pourtant, ça n'empêche pas Monsieur Williams de faire passer le tableau de la bibliothèque pour l'original et de le proposer en garantie d'un prêt bancaire.

Marc s'arrête net et me dévisage.

— Quel prêt bancaire ? Au cours de nos derniers échanges, il n'a jamais été question de prêts bancaires.

— C'était l'objet de ma prochaine question,

remarqué-je. Je ne sais pas du tout à quoi pourrait être consacré ce prêt... Peu importe, en fait. L'important est que Monsieur Williams est assez aux abois pour proposer en garantie un faux.

— C'est ridicule. Aucune banque digne de ce nom ne prêtera sans faire expertiser le tableau...

— C'est aussi ce que j'ai pensé... Et si le prêt était fait par un particulier ?

— Vous venez de me dire qu'il s'agissait d'un prêt bancaire.

Je me mordille la lèvre inférieure, comme à chaque fois que je suis embêtée. Je n'arrive pas à me souvenir si Cyrielle m'a parlé d'un prêt bancaire ou d'un prêt... Réfléchis Chloé...

— Je me demande si ce n'est pas moi qui aie extrapolé. Pour moi, il était évident qu'un prêt nécessitant la garantie d'un original d'Henri Fantin-Latour était si important qu'il s'agissait forcément d'un prêt bancaire, mais il pourrait tout aussi bien s'agir d'un prêt entre particuliers...

— Une reconnaissance de dette ou un contrat de prêt qui aurait pour garantie le tableau ? Que soupçonnez-vous ?

— Je ne sais pas... avoué-je. C'est comme si plusieurs délits étaient en préparation en parallèle... Monsieur Williams garantit son prêt avec un faux. Monsieur Williams est menacé par la tête de porc dans le panier. Quelqu'un s'apprête à voler des meubles ou à les dissimuler. Tout ceci n'a ni queue, ni tête, mais je n'aime pas ce bouillonnement malsain !

Marc me scrute, les sourcils froncés. Ça y est, un de plus qui me prend pour une folle.

— D'accord, Chloé. Prenons les éléments un à un. Le prêt garanti par un faux, j'ai compris. De quelle menace pesant sur Monsieur Williams parlez-vous ?

Je soupire. Le dialogue n'est pas rompu. Cet homme est aussi fouineur que moi.

— D'après la cuisinière, la tête de porc était un message malveillant adressé à Monsieur Williams. Cela fait écho à celle que son ex-épouse lui avait laissée dans le lit conjugal avant de partir.

Marc hoche la tête et me fait signe de poursuivre mon raisonnement.

— Pourquoi stocker des caisses de transport neuves dans les sous-sols ?

— Ce n'est pas forcément pour un vol... Les voleurs stockent rarement leur matériel sur place.

Je le fusille du regard. Il me prend pour une truffe ou quoi ? Enlevez le « ou quoi ? ».

— Et si Monsieur Williams s'apprêtait à évacuer le peu de pièces authentiques lui restant et à mettre le feu à ses collections, par exemple ?

— Pour toucher l'assurance ? suppose Marc. Non, Chloé, je ne vous suivrai pas sur ce chemin. En revanche, je veux bien creuser avec vous la question de la tête de porc et du prêt.

D'accord, c'est mieux que rien...

— Comment procédons-nous ? demandé-je.

— Je n'en sais rien. C'est vous Miss Marple.

Son sourire est éblouissant.

— Franchement, vous n'êtes pas terrible comme Watson ! grommelé-je en retournant vers le château.

*L*e jeu des mystères d'Halloween se poursuit avec mollesse. C'est à se demander pourquoi ces gens ont dépensé une fortune pour ce week-end, s'ils se préoccupent comme d'une guigne de résoudre les énigmes proposées. À cet égard, j'ai oublié de demander à Marc s'il avait percé le secret des énigmes qui me manquent...

— Disposez-vous de votre téléphone, Marc ? Je voudrais éclaircir un point ou deux...

— Non, répond-il un brin contrarié. Monsieur Williams m'a demandé de laisser mon portable dans ma chambre aujourd'hui... Il ne veut pas de tricherie ou que l'un d'entre nous aide les participants à résoudre son jeu d'énigmes.

— Avez-vous trouvé le mot mystère ? demandé-je avec curiosité.

Marc m'observe en souriant. Il est paisible et me regarde avec bienveillance. C'est étonnant... Je n'ai plus l'habitude de la bienveillance à mon égard.

— Vous ne pouvez pas vous en empêcher, n'est-ce pas ?

— De quoi ? dis-je perplexe.

— De résoudre les énigmes. C'est votre petit péché mignon...

Je grimace... S'il savait où m'a mené cette manie il y a trois ans...

— En gros, reprends-je, personne ne dispose de son téléphone ou d'un moyen de communiquer avec l'extérieur...

Marc fronce les sourcils.

— D'autant que le château ne dispose pas de wifi... complète-t-il. En fait, vous êtes contagieuse avec vos suspicions...

Je hausse les épaules. Nous sommes revenus au château alors que la nuit tombe. L'heure du dénouement ne va plus tarder...

— Zut, ralé-je, à part « monstre », je ne vois pas ce

que le mot-mystère pourrait être.

— Vous avez résolu toutes les énigmes ? s'enquiert Marc.

— Non, mais toutes les réponses que j'ai trouvées font référence à des monstres...

Nous parvenons sur le perron quand un bruit nous fait lever la tête. Oh ! Mon ! Dieu !

Chapitre 12.

Le ciel nous tombe sur la tête !

e fracas est terrible. Je lève les yeux et vois une énorme pierre tomber du ciel juste en direction de ma tête. Aïe, je suis poussée de côté par un plaquage digne d'un rugbyman de l'équipe de France. Je bascule par-dessus le muret et m'écrase dans les buis centenaires qui ornent l'entrée du château. Une masse me tombe dessus et m'enfonce davantage dans les arbustes. RIP buis ornementaux, vous étiez bien jolis... La pierre s'écrase dans un bruit terrible et un morceau du perron, très mécontent du choc qu'il vient de recevoir à ma place, jaillit de son emplacement ancestral et frappe le vampire qui m'écrase de tout son poids. Il gronde quand la pierre le touche de plein fouet. Le poids se retire de moi et je me sens tirée hors de mon matelas végétal improvisé. J'ai la tête qui tourne, mais c'est bien... J'ai encore une tête.

— Ça va, Chloé ?

— Oui, dis-je un peu étourdie. Et toi[94] ?

Marc hausse l'épaule gauche dans un mouvement

---

[94] Zut, je viens de tutoyer le vampire... Il vient de me sauver la vie, alors je crois que je peux le tutoyer...

douloureux. Mer... credi, il a pris un coup à ma place... J'observe son dos, pas de sang. Ouf... J'espère qu'il n'a rien de cassé... Alors que j'entends des bruits se rapprocher de nous, je scrute le perron. Une grosse pierre s'est décrochée de la corniche, juste au moment où nous passions dessous... Soit nous sommes maudits, soit quelqu'un nous en veut. Mon regard suit le bâtiment jusqu'à son sommet, mais je ne vois rien...

— Bien sûr...

— Accident ? demande Marc en se massant l'épaule.

Je le fixe, mes yeux ancrés aux siens. Nous nous comprenons.

La porte s'ouvre et laisse passer Serge, la créature de Frankenstein, qui nous jette un regard affolé, avant de reporter son attention sur le bloc de pierre à terre.

— Putain... Vous l'avez échappé belle tous les deux !

— Sans Marc, j'aurais été tuée... remarqué-je avec une distance inquiétante. Vous avez pratiqué le rugby ?

Marc sourit sans répondre, alors que plusieurs personnes s'attroupent autour de nous. Une femme brune, d'une cinquantaine d'années, fend la barrière des badauds à grands coups de : « Pardon, je suis médecin ! » et se plante face à nous. Elle manipule Marc et annonce à la grimace qu'il fait quand elle touche son épaule :

— Il faut que je vous ausculte, Monsieur. Vous aussi, Madame.

Nous acquiesçons de bon cœur et la suivons vers sa chambre à l'étage. Au moment de partir, je suggère à Serge :

— Que personne ne bouge cette pierre, elle a très bien pu être poussée à notre arrivée.

Il me scrute, un peu horrifié, mais hoche finalement la tête. Si les hostilités commencent, c'est que nous dérangeons...

🕷 ☠ 🕸 🗡

près auscultation, Marc s'en sort avec une contusion sans conséquence et, grâce à son placage, je n'ai rien, mis à part quelques griffures dans le dos. Nous repartons après avoir remercié la doctoresse, qui nous a si aimablement examinés, avant de reprendre nos réflexions à peine la porte refermée.

Marc s'empare de ma main et me guide vers l'escalier. Nous montons.

— Il faut que j'en ai le cœur net, marmonne-t-il dans sa barbe.

— Marc... Merci.

Il s'arrête un instant et m'observe.

— Je vous en prie, Chloé.

Il reprend son ascension vers le chemin de ronde.

— Où allons-nous ? demandé-je.

— Voir si la pierre est tombée toute seule ou si on l'a un peu aidée. Si quelqu'un l'a fait basculer à notre passage, il y aura une marque sur les créneaux.

Il a raison. J'accélère le pas, avide de certitudes. Dans cette affaire, nous progressons en eaux troubles et quelques certitudes sur lesquelles fonder nos raisonnements ne seraient pas de refus.

Au moment où nous accédons à l'extérieur, Marc se met à courir comme un fou. Je ne saisis pas ce qu'il a vu, quand une forme blanche s'éloigne... Punaise, c'est bien une attaque délibérée, mais pourquoi est-il resté sur place ce fou ? Marc revient vers moi au pas de course, alors que je m'approche des créneaux pour les examiner. Il manque une pierre et...

— C'est une blague ? dis-je en me baissant vers le pied-de-biche abandonné au sol...

Marc est aussi incrédule que moi.

— Un avertissement ? propose-t-il.

Je me relève, une moue dubitative ancrée sur le visage. Je ne sais pas à quel jeu d'imbécile joue le fantôme, mais je trouve qu'essayer de défoncer le crâne d'autrui est un peu sévère comme avertissement.

— C'est incohérent, tranché-je. Soit le fantôme a essayé de nous tuer - ou au moins de nous blesser gravement - et, dans ce cas, je ne comprends pas pourquoi il nous a attendus et pourquoi il a laissé derrière lui ce pied-de-biche ; soit le fantôme a eu le même réflexe que nous et il est monté pour vérifier ce qu'il s'était passé. Dans ce dernier cas, il faut croire que nous avons plus d'un adversaire dans la place.

— Comment savoir ?

— En continuant à fouiller. Il faut que nous ayons plus de détails sur les personnes en présence. Pour le moment, nous ne nous sommes intéressés qu'aux permanents du château, mais nous ne savons rien des visiteurs.

— D'accord, Chloé. En revanche, nous restons ensemble. Il est hors de question que l'un ou l'autre poursuive les investigations seul.

— D'accord, réponds-je, je vais aller récupérer mon téléphone portable et prévenir la police qu'une pierre a été volontairement poussée sur nous.

J'observe de nouveau le pied-de-biche. Pas de doute, le créneau juste au-dessus porte des marques caractéristiques... Quelqu'un a bel et bien forcé sur la pierre pour la faire tomber. Le problème, c'est que sans portable, nous ne pouvons même pas photographier la scène et si nous laissons le pied-de-biche au sol, rien n'empêche son utilisateur de venir le récupérer...

— Si nous partons, j'ai bien peur que le pied-de-biche ne disparaisse, confirme Marc plongé dans ses propres réflexions.

— Que faire d'autre ? remarqué-je. Si nous l'emportons, la police va nous le reprocher.

Marc grimace. À force, il va avoir des rides avant l'heure...

— C'est quand même bizarre... réfléchit-il. Ça me paraît disproportionné d'essayer d'assassiner des fouineurs, qui ont à peine commencé à poser quelques questions, pour dissimuler ce que nous soupçonnons...

— Cela dépend, commenté-je. Si nous parlons d'une affaire d'escroquerie à l'assurance ou de vol d'originaux, l'intérêt financier d'une telle machination n'est pas anodin. Certains tuent pour moins que ça...

— Je sais... Puisque nous ne pouvons plus rien faire ici, je vous propose de regagner le rez-de-chaussée et d'aller voir Serge pour savoir s'il a remarqué quelque chose ou quelqu'un...

J'acquiesce d'un hochement de tête et nous redescendons.

🕷 ☠ 🕸 🗡

En bas, nous retrouvons l'ensemble des participants réunis comme convenu dans le grand salon pour la solution des énigmes du jour. Je prends le temps d'observer les joueurs en présence, mais je ne suis guère plus avancée. Je ne connais pas ces gens... Toutefois, il me semble pour le moins étrange que l'un ou l'autre ait utilisé le souvenir de la tête de porc pour menacer Monsieur Williams. Seule une personne proche a pu connaître ce détail. Par conséquent, nous en revenons une fois de plus aux familiers du château. La cuisinière, la secrétaire, le jardinier ou Monsieur Williams lui-même. Si son ex-épouse avait fait son apparition ce week-end, nous le saurions... Donc pourquoi ? Pour le menacer ? Pour faire croire qu'il est menacé ? Pour brouiller les pistes ? Et à quel sujet ? De quel forfait essaie-t-on de détourner l'attention ? Un vol ? Une escroquerie ? Autre chose ? Je patauge ! Je patauge à m'en vriller les synapses ! Je reporte mon attention sur l'aimable assemblée (ou pas...). Je constate avec un certain déplaisir que notre hôte est absent[95] ! Pourtant, Monsieur Williams a été très clair avec l'ensemble des figurants et acteurs : nous devons veiller au respect des horaires afin que le jeu et la résolution des énigmes ne débordent pas sur l'horaire des dîners. Étrange... Tiens, la démone-secrétaire est ici, je vais en profiter pour lui poser quelques questions...

Je me rapproche de Madame Gautier mais, au moment même où j'arrive à sa hauteur, elle me file entre les pattes et se réfugie de l'autre côté de la pièce... De mieux en mieux... « *J'ai compris que cette garce de secrétaire vous avait flanquée toute la soirée dans les sous-sols* »... Je me demande si la goule-cuisinière n'a pas raison... Malheureusement, en l'absence du loup-garou, il n'y a personne d'autre à interroger. La cuisinière est probablement dans sa cuisine, le jardinier est absent... Reste la démone-secrétaire... Je me précipite soudain sur elle.

— Madame Gautier ! Puis-je vous parler un instant, s'il vous plaît ?

La démone se retourne et me fusille du regard.

---

[95] Faites ce que je dis, ne faites pas ce que je fais !

Malgré la couche de maquillage qui dissimule ses traits, son expression n'a rien d'ambiguë : elle me vomit... Pourquoi ?

— Que voulez-vous ? Je suis pressée ! proteste-t-elle.

Je vois Marc nous rejoindre avec discrétion. Il ne veut pas rater un mot de notre conversation...

— Qui s'est amusé à menacer Monsieur Williams avec cette tête de porc ? attaqué-je bille en tête.

Marc roule de gros yeux en arrière-plan. Quoi ? Pas le temps d'être subtile, elle va ficher le camp après une ou deux questions ! Hardie Chloé ! À l'assaut !

— De quoi parlez-vous ? Je vous interdis de colporter ces infâmes ragots !

— Quel ragot ? Le fait que l'ex-Madame Williams vous ait trouvée en compagnie de son mari ou le fait que vous ayez placé cette tête de porc dans mon panier pour lui rappeler les conséquences de ses incartades ?

— Mais ce n'est pas moi ! Vous êtes folle à lier ! Je n'ai rien à voir avec votre tête de porc et la maîtresse de Monsieur Williams était la cuisinière, pas moi !

Elle tourne les talons et jette un coup d'œil en arrière avant de sortir, mais pas dans ma direction. Je m'intéresse à ce qu'il se passe dans mon dos... Deux ou trois personnes fixent l'une des adeptes qui me fusille du regard. Châtain clair, yeux marron, une expression assassine sur le visage... Intéressant. La goule serait-elle sortie de sa cuisine ? Pourquoi a-t-elle enlevé son maquillage ? Les festivités ne sont pas terminées à ce que je sache !

Un hurlement retentit. Quelle horreur ce cri... Oh ! Mon ! Dieu ! Madame Gautier ! Je me précipite dans le couloir par lequel la démone-secrétaire a disparu quelques instants auparavant. Marc me devance de deux secondes. Une plainte nous guide vers la pauvre femme. Elle est pétrifiée à l'entrée de la bibliothèque. Marc la repousse avec douceur pour entrer, je le suis. Ça empeste... Oh ! Mon ! Dieu ! Je connais cette odeur ferreuse... Marc a un mouvement de recul et tend le bras pour m'empêcher d'entrer plus avant dans la pièce... Trop tard, j'ai une vue panoramique sur l'abominable scène : Monsieur Williams, toujours en loup-garou est assis dans l'un des fauteuils... Oui, jusque-là rien d'abominable, il manque juste un détail... Sa tête ! Il manque sa tête !

Les plans de survie de Chloé[96]

Plan A : Silence et observation.

Plan B : Focus et concentration.

Plan C : Éducation et savoir-vivre (ne pas voler le lit d'autrui...).

Plan D : Éducation et savoir-vivre (ne pas faire pipi dans sa culotte quand on trouve un macchabée qui pue...).

---

[96] C'est une extension nécessaire... Je dois avouer que je n'y avais pas songé auparavant, mais il est utile de ne pas uriner sur les scènes de crime...

Chapitre 13.

Et la tête ? Alouette ! Et la tête ?

Marc tente d'endiguer le flot des curieux, mais nombre de participants et d'acteurs entrent pêle-mêle dans la bibliothèque... C'est la police scientifique qui va être contente ! Serge se fraye un chemin à travers les adeptes chics et chocs du culte honni... qui s'amusent comme des petits fous de cette scène macabre... Sont-ils décérébrés au point d'imaginer qu'il s'agisse d'une mascarade ? Au vu des sourires et des clins d'œil qu'ils échangent, je répondrais par l'affirmative... De vrais couillons cent pour cent pur jus ! « Comme c'est pittoresque ! », « Un corps décapité, c'est drôle ! », « Quelle idée ! »... Bref, bienvenue chez les fous ! Serge parvient à ma hauteur et grimace, ce qui n'est pas simple avec le masque en latex de la créature de Frankenstein !

— Il faut qu'on appelle la police, suggère-t-il fort à propos[97].

Merci Serge pour cette intervention. Deux ou trois

---

[97] Ouf, il reste une personne sensée parmi nous... La créature de Frankenstein... Je n'aurais pas parié dessus de prime abord, mais pourquoi pas ? Ça donne une idée du niveau de dingologie de l'assemblée présente...

adeptes observent avec attention la créature, puis tournent leurs regards vers le corps... Un moment de réflexion... Vont-ils comprendre ? Non... Ils haussent les épaules et se désintéressent de la situation.

— Mesdames et Messieurs, tenté-je, je vous prie de bien vouloir sortir de la bibliothèque. Nous devons préserver ce qu'il reste de cette scène de crime et appeler la police.

Ils éclatent de rire... Charisme de Chloé : zéro pointé ! Bande de nazes !

Serge reprend le même message de sa voix de stentor et, pour le coup, le doute s'instille dans les neurones assommés au champagne des adeptes de frissons macabres[98]... Ils commencent à refluer vers le couloir, bougons, mais toujours pas effrayés...

— As-tu ton téléphone, Chloé ? me demande Serge.

— Non, Monsieur Williams ne voulait pas que nous puissions aider les invités.

— Et vous, Marc ? questionne Serge plein d'espoir.

— Idem, mais je l'ai laissé dans ma chambre pour pouvoir le consulter pendant les pauses. Je vais le chercher.

Il file tout droit, la cape au vent. Il faudra que je pense à remercier Muriel pour le nettoyage express dont elle m'a soulagée hier soir. Je crois que je n'aurais pas été vaillante s'il avait fallu en plus que je nettoie la cape de Marc... Grrr, je déteste ce week-end ! J'ignore quel est le cachet, mais je peux vous assurer qu'il n'est pas assez élevé !

Beurkkk, avec la chaleur qui règne dans la

---

[98] Concernant ce week-end, ils sont servis ! Après la tête de porc dans le panier de la sorcière, le loup-garou décapité ! On ne peut pas dire, le loup-garou trépassé fait des efforts pour leur en donner pour leur argent !

bibliothèque, le sang prend une odeur désagréable... C'est écœurant. Je me demande bien comment les joueurs ont pu imaginer, ne serait-ce qu'une minute, qu'il s'agissait d'une mise en scène... Il n'est pas de coutume dans le cinéma d'empuantir toute une pièce avec une odeur de macchabée pour faire plus réaliste ! Une mise en scène... Et pourquoi pas, après tout... Je m'approche sous les yeux horrifiés de la créature de Frankenstein. Est-ce un vrai corps ? Beurkkk ! Je pense que oui. J'ai déjà vu des corps factices utilisés pour le cinéma, ça ne ressemble pas du tout à cet amas de chairs flasques... Misère, pauvre homme ! Quelle pitié... Je fais le tour du corps décapité à une distance raisonnable... Il y a du sang partout ! Donc la tête de cochon était bien un avertissement pour Henry Williams. Quelle horreur ! Jamais je n'aurais cru que ce mauvais tour puisse cacher une telle abomination. Mais... Où est la tête ? Je fais le tour du cadavre, je ne la vois pas... Où est-elle tombée ? Je me penche et j'observe le dessous du bureau, non loin du corps avachi... Rien ! Non, mais c'est pas Dieu possible ! Ils ne l'ont quand même pas gardée en trophée ! Je reporte mon attention sur le cou déchiqueté... Avec quoi ont-ils décapité cet homme ? Et surtout était-il vivant quand cette horreur a été perpétrée... On l'aurait entendu quand même !

— Chloé... murmure Serge.

Je m'approche le plus possible du corps. D'après ce que je vois, il ne s'agit pas d'un leurre et la personne a perdu tout son sang...

— Chloé ! répète la créature de Frankenstein.

— Quoi ! Je réfléchis !

— Ce n'est pas à toi de faire ça ! gronde-t-il.

— J'observe, je ne touche rien et je me tiens loin du

sang...

— Mais enfin, je n'ai jamais vu quelqu'un d'aussi têtu que toi ! Sors de là tout de suite.

— Non, je cherche quelque chose ! Laisse-moi réfléchir !

Je retourne à mes observations. Il y a beaucoup de sang évidemment, mais pas de projections contre les bibliothèques ou les murs... Si la personne est vivante et que vous la décapitez, ça gicle... Ça gicle grave, même ! Et là rien... Par conséquent, soit il était mort, soit le corps a été déplacé... Attends voir... C'est quoi cette trace ? Je me faufile entre les meubles, loin de la poigne de la créature de Frankenstein, qui serait bien capable de m'attraper pour me sortir *manu militari* de la bibliothèque, et je trouve du sang sur le rebord de la fenêtre...

— Il a été tué ailleurs et le corps a été transporté ici en le passant par la fenêtre. Ils sont plusieurs...

Cette phrase a le don de me glacer le sang. Comme si un seul tueur ne suffisait pas ! Non, c'est Halloween ! Il ne faut pas rater les festivités ! Pourquoi se contenter d'un tueur, quand on peut en avoir toute une équipe ?

— Pourquoi tu dis ça ? demande Serge d'un ton peu rassuré.

— S'il avait été décapité ici et encore vivant, il y aurait des marques de sang sur les murs ou les bibliothèques. Regarde par toi-même, pas de traces en hauteur, que du sang par terre. Maintenant, observe le rebord de cette fenêtre, ils ont frotté, mais il y a du sang partout... Ils n'ont pas eu le temps de fignoler leur nettoyage... Ils sont plusieurs. Personne n'est assez fort pour faire passer seul le corps d'un homme adulte par la fenêtre...

Je m'approche du cadavre sur la pointe des pieds. Il

faut que j'en aie le cœur net ! Je serre les dents et pose le bout de mon doigt sur la main qui tombe par-dessus le bras du fauteuil... Yeurkkk ! C'est humide et frais... Les extrémités se refroidissent plus vite, mais tout de même... Zut ! J'aimerais bien avoir un légiste sous la main ! Le médecin... Elle pourrait peut-être nous aider... Et ? Pas de poils ? Tiens, donc...

— Quelqu'un a volé mon portable et la ligne fixe a été coupée ! braille Marc en rentrant en trombe.

— Quoi ? Punaise, mais c'est l'hôtel Overlook[99] ici ou quoi ?

Serge part en courant comme un fou... Je suppose qu'il va vérifier si nos portables sont toujours là où nous les avons laissés en début d'après-midi, mais je n'en crois rien. Le plan a été préparé, planifié et exécuté de main de maître... Bien joué, *Maestro*... Mais je vais vous donner du fil à retordre, foi de Chloé[100] ! À mon avis, ils ont récupéré tous les portables et les moyens de communication existants et les ont soit détruits, soit dissimulés... Réfléchis, Chloé. Pourquoi nous couper du monde ? Pour ralentir l'arrivée de la police... Pourquoi ralentir l'arrivée de la police ? Parce que le meurtre n'est pas la seule étape ou pour fuir ? Qu'est-ce qu'ils préparent ? Pourquoi ont-ils tué cet homme ? C'était le but ou le moyen de détourner l'attention ? Pourquoi ont-ils bougé son corps et où est sa tête ? Punaise ! Pourquoi ont-ils pris sa tête ?

---

[99] L'hôtel de « Shining, l'enfant lumière »... Si, si, vous vous souvenez, mais vous préférez ne pas y penser ! C'est souvent le cas avec les gentilles petites histoires du très sympathique Stephen King...

[100] De quoi je me mêle, mais de ce qui me regarde ! Quand quelqu'un tue, il faut l'empêcher de s'en sortir sans encombre ! Ils font tout pour ralentir la police, mais ils m'ont dans les pattes et j'espère bien entraver le bon déroulement du reste de leur plan !

— Quelle espèce de taré a fait ça ? gronde Marc.

— Pas tarés, ils sont intelligents, manipulateurs...

Marc se tourne vers moi, les yeux ronds comme des billes.

— Réfléchissons ensemble, proposé-je[101]. Nous avons un corps non identifié pour le moment...

— Comment non identifié ? commente Watson.

— Pas de tête et ce n'est pas parce que le corps est revêtu des vêtements de Monsieur Williams, qu'il s'agit forcément de lui ! Regardez ses mains. Henry Williams portait de faux poils sur le dos de ses mains, pour rendre son déguisement de loup-garou plus parfait. Ici, pas de poils !

Marc s'approche du corps et confirme mon affirmation d'un signe de tête muet.

— Donc un corps non identifié, répété-je, et il a été passé par la fenêtre. À ce moment-là, le corps perdait beaucoup de sang au vu des traces sur le rebord de la fenêtre... Était-il déjà décapité, je n'en sais rien... Ce que je sais, c'est qu'il n'a pas été décapité ici et en vie sinon...

— Il y aurait eu des projections, complète Marc... Vous êtes une vraie Miss Marple ! Je me moquais de vous, mais je commence à apprécier vos talents à leurs justes valeurs...

Je fais une moue désapprobatrice. Comment ça, il se moquait de moi... Grrr ! Il a de la chance que j'ai un plus gros poisson que lui au bout de ma ligne ! Sale vampire !

— Bref ! tranché-je. Si c'est pour m'interrompre dans mes réflexions pour dire des âneries, vous pouvez vous abstenir ! Je disais : il a probablement été tué ailleurs

---

[101] Après tout, c'est mon Watson, il faut bien que je l'utilise !

et le corps a été transporté ici, puis mis en scène. Comme je ne vois pas par quel moyen une seule personne aurait pu faire passer ce corps par la fenêtre, ils sont sûrement plusieurs agissant de concert. Maintenant, le point le plus préoccupant à court terme : pourquoi dissimuler ou voler nos téléphones et autres outils de communication ?

— Je peux dire une ânerie ?

Ce Watson est nul !

— Non, mais vous pouvez contribuer à la réflexion.

Marc sourit malgré les circonstances... C'est bizarre les vampires ! Ou alors, c'est qu'il est dans son élément à patauger dans le sang...

— Pour nous empêcher de contacter la police.

C'est bien Watson !

— Oui, confirmé-je, pour ralentir le début de l'enquête.

— Et c'est là que vous intervenez, Miss Marple !

Non, je confirme, ce Watson est nul !

— C'est pourquoi nous devons comprendre si Monsieur Williams a été assassiné ou pas, si le meurtre était le but de l'opération criminelle en cours ou un moyen de parvenir à d'autres fins et si nous devons craindre autre chose... comme le vol des œuvres originales subsistant ou un incendie criminel déguisé pour toucher l'assurance...

— Je n'aime pas du tout vos hypothèses, Miss Marple ! grogne-t-il.

— Vous avez quelque chose de mieux à proposer ?

Marc réfléchit et enlève ses crocs, ce qui est perturbant...

— Non, pas pour le moment. Je suis d'accord avec vous quant à votre analyse du corps. Rien ne prouve qu'il s'agisse de Monsieur Williams. En revanche, si tel est le cas, quelqu'un s'est donné beaucoup de mal pour impliquer son ex-femme.

— Effectivement... approuvé-je, satisfaite que Watson essaie d'apporter sa pierre à l'édifice. Une maîtresse délaissée ?

— Pourquoi pas... acquiesce Marc. Ou n'importe qui d'autre au courant de cette histoire...

— Le champ d'investigation est vaste...

— Je crois que l'urgence est d'abord de retrouver cette tête...

— Oui, mais elle peut être n'importe où... remarqué-je.

— Eh bien, commençons nos recherches à cet étage, et ensuite nous explorerons le château...

— Finalement, vous êtes encore pire que moi, m'exclamé-je. Vous ne vous contentez pas de détruire une scène de crime, vous allez en chercher une autre pour la détruire aussi !

Marc sourit. C'est étrange comme atmosphère... Nous discutons autour d'un corps décapité, sans en être vraiment préoccupés. Je ne sais pas si c'est l'ambiance d'Halloween qui nous vrille le cerveau, mais j'espère que l'alliance de Miss Marple et de Watson fera des étincelles cette nuit[102] !

---

[102] Non, ce n'est pas ce à quoi vous pensez ! Vous avez l'esprit mal tourné !

Chapitre 14.

Élémentaire, mon cher Watson !

ous verrouillons la porte derrière nous et emportons la clé. J'ignore si le procédé sera efficace, mais nous empêcherons au moins quelques fouineurs de venir[103]... À peine sommes-nous sortis que Luc nous tombe dessus, toujours vêtu en satyre ! Il a l'air bouleversé... Oh ! Mon ! Dieu ! Soit il a trouvé la tête, soit il est encore arrivé quelque chose...

— Nous ne pouvons pas quitter le château ! La grille est fermée par d'énormes chaînes !

Ah, nous venons de progresser d'un pas significatif sur l'échelle de Murphy... Il y a quoi au-dessus d'emmerdement maximum ?

— Il doit y avoir une autre issue, tenté-je.

Luc hausse les épaules avec découragement. Ce satyre accablé a quelque chose de dérangeant... C'est quasi contre-nature !

— Serge fait le tour de la propriété avec Madame Gautier, explique-t-il, mais, mis à part un portillon qu'elle a toujours vu condamné, c'est à sa connaissance

---

[103] Comment ça, je suis bien placée pour parler de fouineurs ? Ne commencez pas à être aussi désagréable que le vampire !

la seule issue...

Je me plonge dans mes réflexions, laissant Marc et Luc débattre du degré de catastrophe à accorder à cet événement...

— Il nous faut le trousseau de clés de Monsieur Williams, tranché-je.

Le satyre et le vampire me fixent tous deux. Quoi ? Ce n'est pas parce que vous vous laissez gagner par la panique que nous devons tous perdre les pédales !

Luc part en courant à la recherche du Graal, soit le trousseau de clés avec lequel Monsieur Williams m'a libérée des sous-sols hier soir. Pendant ce temps, je tente d'intégrer ce nouveau fait à mon équation intellectuelle. Réfléchis, Chloé... Le vol des téléphones et la destruction de la ligne téléphonique fixe n'étaient pas suffisants pour les malfaiteurs, pourquoi ? Pourquoi ont-ils besoin que nous restions coincés dans le château...

— C'est une opération de grande ampleur... Mais quel est leur but et à qui avons-nous affaire ?

Je marmonne dans ma barbe[104], quand mon regard se porte sur Marc. Je l'observe un instant.

— Avez-vous une arme, Marc ?

— Je vous demande pardon ?

— Non, rien.

Le Docteur Watson est toujours armé, lui ! Mon Watson est complètement nul !

— Je crois que nous allons jeter un coup d'œil aux sous-sols...

— Je vous arrête tout de suite, Chloé ! m'interrompt Marc. Il est hors de question que nous allions explorer

---

[104] Que je n'ai pas ! Je vous rappelle que je suis la sorcière sexy !

les sous-sols alors qu'un ou plusieurs tueurs rôdent toujours dans les parages.

— Et il faut que nous trouvions la cabane du jardinier.

— Vous ne m'écoutez pas ?

— Où est-ce qu'il vit cet homme ? Probablement sur la propriété... Si j'étais un tueur, où est-ce que je cacherai un corps... Je sais, commençons par les cuisines !

— Non.

Je fusille Marc du regard.

— Vous êtes vraiment nul comme Watson ! Si vous ne voulez pas venir, je ne vous force pas !

Je tourne les talons et prends résolument la direction de la cuisine. Au mieux, j'y glanerai des renseignements, au pire, une part de gâteau !

🕷 ☠ 🕸 🗡

Il ne me faut que quelques minutes pour rejoindre le territoire de la goule-cuisinière. Je toque, mais personne ne répond. Donc la femme dans le salon était peut-être la cuisinière sans maquillage... J'entre et je vais farfouiller un peu... Pourvu que je ne trouve pas la tête dans le frigo, ce serait le meilleur régime amaigrissant de tous les temps ! La cuisine est vide, mais il y règne une atmosphère paisible... Les fours ronronnent avec quiétude, il fait chaud et cela sent bon... Un vrai paradis à côté de la bibliothèque.

J'ouvre le premier frigo... Rien. Le deuxième... Nothing. Le troisième... Nada. Le quatrième... Niente. Punaise, j'ai l'impression de jouer à la roulette russe ! Pas de congélateur dans la cuisine... Étrange. Juste un minuscule compartiment congélation contenant des glaçons... Où est la chambre froide ? La réserve ? Il n'y a pas assez d'espace ici pour y conserver les aliments nécessaires aux repas de tous les convives présents. Alors quoi ? Je continue mon exploration, quand la porte s'ouvre... D'un seul coup d'œil, je repère un jeu de couteaux rutilants.

— J'ai rarement rencontré une femme aussi têtue que vous ! s'indigne Watson.

— C'est que vous n'avez pas rencontré beaucoup de femmes, alors... Aidez-moi à chercher les réserves.

— Non, je suis ici pour vous ramener au salon où vos collègues réunissent tout le monde.

Je reste interloquée un instant.

— Quelle drôle d'idée...

— Et Serge m'a dit et je le cite : « Ramenez-moi biquette, par la peau des fesses si nécessaire ».

Je hausse les épaules. Les idioties de Serge ne m'ont jamais impressionnée. Je me désintéresse de Watson et poursuis mes investigations.

— Chloé, avez-vous l'intention de me suivre, oui ou non ?

— Non ! Qu'est-ce que vous n'avez pas compris dans le fait que le temps joue contre nous ? C'est un monde tout de même ! Il se passe quelque chose de criminel en ce moment dans le château et votre seule idée est de réunir tout un chacun dans le grand salon ! C'est grotesque. Aidez-moi à trouver où ils ont stocké le corps en attendant de pouvoir l'exposer dans la bibliothèque.

Marc paraît stupéfait.

— Nom de Dieu, mais de quoi parlez-vous ?

— Déjà, ne soyez pas grossier ! Ensuite, si vous vous étiez donné la peine de toucher la main de ce malheureux, vous vous seriez aperçu que sa peau était fraîche et couverte d'une légère pellicule d'eau. J'ai bien peur que le corps n'ait été stocké quelque temps dans une chambre froide... ou dans un congélateur, mais cela me paraît moins probable.

— Vous avez touché le cadavre.

Je hausse les épaules, je n'ai pas de temps à perdre. J'ai fureté partout dans la cuisine, rien. Pas de portes, pas de trappes. Les réserves sont ailleurs...

— C'est un vieux château... Y a-t-il des passages secrets à votre connaissance ?

Marc ne répond pas, il boude. Un Watson boudeur, maintenant. Dire que Sherlock Holmes se plaignait parfois du sien ! Hé, Sherlock, on échange ?

Puisqu'il n'y a rien de plus à faire, je sors... Il n'y avait même plus une part de gâteau au chocolat... Quelle déception !

Je retourne dans les sous-sols, un vampire mal luné sur les talons. Il faut croire que j'aime m'embourber dans les situations ubuesques ! Les sous-sols sont éclairés, signe d'une activité peu commune pour ces lieux perdus. Hier, je n'ai croisé personne et, aujourd'hui, c'est le grand défilé ! Nous marchons sur des œufs et progressons avec prudence. Je ne tiens pas à prendre un mauvais coup, puisque c'est moi qui ouvre la marche ! La galanterie n'est plus ce qu'elle était... Pfff, de toute façon, ce Watson est d'une incompétence crasse ! J'aurais dû prendre Luc ou Serge avec moi, mais le vampire a joué les Jo l'incruste, du coup, il a fait fuir tous les autres compagnons de voyage potentiels... Des bruits étranges nous parviennent... On dirait...

— Un déménagement ? chuchoté-je.

J'entends le son de quelque chose de lourd qui racle sur le sol et des instructions vives (« Tourne ici ! », « Fais ci ! », « Fais ça ! »)... Punaise, mais ils sont tout un régiment ou quoi ?

— Chloé, on remonte ! ordonne Marc dans mon dos.

— Trop tard ! souffle une voix étouffée derrière nous.

Oh ! Mon ! Dieu ! Je me retourne d'un bloc et vois Marc les mains en l'air, le canon d'une arme à feu braqué sur la nuque. Le fantôme au drap est derrière nous et il nous menace... Pas l'air factice cette arme... Je lève les mains bien au-dessus de mon chapeau de sorcière.

— Si on s'en sort, Chloé, vous allez me le payer ! vocifère Marc entre ses dents serrées.

Un fantôme armé et un vampire vindicatif, qui dit mieux ?

Chapitre 15

Donnez-moi de l'ail !

Les mains toujours en l'air, Marc et moi finissons de descendre l'escalier, poussés en avant par le fantôme. Depuis son « trop tard » quasi inaudible, il n'a pas repris la parole. Cela m'aurait pourtant arrangée parce que, malgré ses efforts pour modifier sa voix, j'ai eu l'impression de la connaître. Nous avançons en silence à travers le dédale des couloirs du sous-sol, guidés par le revolver appuyé au creux des reins de Marc. Je jette un coup d'œil à intervalles réguliers sur la position du fantôme. Manifestement, il se méfie plus de Watson que de moi. Réflexe habituel, on se méfie moins des femmes... Pourtant, si je pouvais... Non, je ne peux pas prendre de risques pour Marc. S'il prend une balle, alors que je tente de neutraliser notre adversaire, je ne me le pardonnerai jamais. Tu ne perds rien pour attendre, mon gaillard ! Pourquoi mon gaillard ? C'est un homme, j'en suis persuadée. La démarche, les épaules, le fantôme ne ressemble pas une femme... ou alors c'est une femme hommasse. Il nous presse et nous nous enfonçons dans un secteur que je n'ai pas exploré hier soir. Non loin, nous entendons toute une équipe en train de manœuvrer de lourdes caisses. Je jette un coup d'œil à Marc qui me fait un signe positif de la tête. Lui aussi a entendu. Le fantôme n'a pas raté notre mouvement et nous pousse en avant. Nous débouchons dans un couloir avec une enfilade de portes... Oh ! Mon ! Dieu ! J'ai bien peur que ce ne soient des cellules... D'instinct, nous ralentissons, mais le fantôme se fait toujours plus insistant. Arrivés au fond du couloir, il nous jette dans une geôle sombre et verrouille la lourde porte derrière nous. On n'y voit rien, ça sent le moisi et l'humidité et je suis seule avec un quasi-inconnu... Punaise ! Tu as encore fait très fort, Chloé ! Monsieur Murphy, il faut qu'on parle ! La lumière dans le couloir s'éteint d'un coup. Merde ! Je n'aurais pas dû évoquer le nom même de Murphy[105]... La LEM est susceptible, elle peut toujours faire mieux ! On est dans l'obscurité totale maintenant ! Je n'y vois rien.

— Chloé, j'ai deux mots à vous dire...

Oh ! Oh ! Le vampire n'a pas l'air content[106]... Je me redresse, prête à affronter la tempête... même si je ne sais pas de quel côté elle va arriver. Une main se referme sur mon bras et m'entraîne vers un mur. Aïe ! Mais quelle brute ce vampire ! Mais qu'est-ce qu'il fait ? Il me pelote, ma parole !

— Mais qu'est-ce que vous faites ? Vous êtes fou ?

— De rage, oui ! De vous, non ! Restez tranquille pendant que je vous fouille.

Ce vampire réussit à être inquiétant et vexant en même temps.

— Arrêtez de me peloter ! C'est hon...

---

[105] C'est comme discuter de l'œuvre de Lovecraft un soir d'orage dans un manoir isolé... Ça n'apporte rien de bon...

[106] Bon, d'accord, il a quelques raisons objectives pour ça...

— Je ne vous pelote pas ! Si vous m'aviez écouté ou si vous aviez écouté Serge, nous n'en serions pas là.

— Mais je vous interdis ! m'indigné-je.

Mais je rêve, il est en train de palper mes jambes... J'ai l'impression d'être à l'aéroport... Se pourrait-il que...

— Punaise, mais vous êtes qui à la fin ? Comptable ? Mon œil !

Il ricane.

— Pour une Miss Marple, vous êtes longue à la détente !

Mais c'est qu'il commence à m'emmerder ce Watson !

— D'accord, Chloé, vous n'êtes pas armée, reprend-il.

— Bien évidemment ! Vous me prenez pour qui ?

Il est fou ce vampire ! On n'est pas aux États-Unis ici !

— Maintenant, vous allez m'expliquer ce que vous faites dans la vie et ne me dites pas que vous êtes actrice.

Punaise ! Je suis enfermée dans une cellule, dans le noir, avec un mec qui me fait une fouille au corps et me dit que je ne suis pas actrice... On n'est pas sorti du sable !

— Je suis actrice, je suis mariée et j'ai deux enfants. Que cela vous plaise ou non, c'est ainsi !

Je suis toujours collée au mur. Je le sens juste devant moi. La chaleur de son corps contraste avec le mur glacé collé à mon postérieur... Dans les moments de silence, j'entends sa respiration... Ça y est ! J'ai la pétoche ! Chloé, concentre-toi, qu'est-ce qu'on t'a enseigné au Krav Maga ? Est-ce que le Krav Maga est efficace contre les vampires ? C'est quoi déjà contre les vampires ? Ah oui, de l'ail ! Qu'on me donne de l'ail !

— Soit vous me prenez pour un imbécile, soit vous êtes folle, conclut Watson au terme de ses réflexions.

Je suis obligée de répondre, là ? Franchement, ça sent le piège à mammouths ! J'ai l'impression que toutes les réponses sont fausses...

— Formidable, reprend-il, je crois que j'ai enfin trouvé un moyen de vous clouer le bec ! C'est l'obscurité ou c'est moi qui suis trop près ?

Je rêve ou il ricane ? Je tends mes mains devant moi et je le repousse ! Ouh, il y a des pecs sous la chemise... Chloé focus ! Punaise de punaise de punaise ! Je me dirige tant bien que mal vers la porte et je tente de l'ouvrir. Le vampire éclate carrément de rire ! Je le déteste ! Je cherche à tâtons et... Miracle ! Merci petit Jésus ! Un interrupteur ! J'appuie et lumière. Quel soulagement ! C'est qu'il m'a fait flipper cet imbécile de suceur de sang.

— Oh, pour une fois, vous êtes utile ! remarque Marc en se rapprochant de la porte.

Je me retourne comme un aspic.

— Espèce de...

Je lève la main pour lui envoyer une gifle mais, d'un mouvement rapide et souple, il m'évite et rejoint la porte. Depuis quand il est si rapide, le vampire ? Il est où le Watson tout pourri du début ? Il fouille dans la poche intérieure de sa veste, sans me regarder, se focalisant sur la serrure.

— C'est donc l'obscurité qui vous fait taire, c'est bon à savoir.

J'hallucine ! Il me cherche le Watson de pacotille... mais qu'est-ce qu'il fait encore ? Marc vient de sortir une pochette contenant tout un tas d'ustensiles que je ne connais pas. Il ne va quand même pas crocheter la porte ? Si... Mais c'est quoi ce vampire ? Enfin, ce comptable ? Enfin, ce... machin non identifié. Il n'est pas policier ou gendarme, les forces de l'ordre ne crochètent pas les portes. Un voleur ? Un assassin ? Un ninja ?

— Détective privé, dit-il sans se déconcentrer.

J'en reste bouche bée. Il lit dans mon esprit en plus ! Merde, c'est un des superpouvoirs des vampires ? Punaise !!! Avec toutes les idioties que je pense à longueur de journée !!! Focus Chloé. Plan B : Focus et concentration !

— Mais vous enquêtez sur quoi ? Et pour le compte de qui ?

Il se retourne et me fait un clin d'œil.

— Sur ce qui me plaît et pour le compte de qui je veux. Désolé pour la fouille, votre obstination m'a fait penser que vous étiez soit une concurrente, soit du côté adverse. Je ne souhaitais pas prendre un coup de couteau dans le dos.

— Pfff, avec vous j'ai toujours tort de toute façon. Hier vous vous plaigniez d'avoir tout vu sauf mon nombril, aujourd'hui vous vous plaignez de ne pas y voir assez !

En deux pas, il est sur moi et je me retrouve une nouvelle fois le céans collé contre le mur. Oh, punaise, il est sexy ce vampire... Non ! Chloé, tu es mariée !

— Dites-moi non avant que je ne devienne trop entreprenant, Chloé...

Punaise, mais il se baisse vers moi pour me... mordiller le cou ? Saleté de vampire ! Je le repousse. Il est lourd, mais il se laisse faire. Temps mort ! Je sors la photographie que je garde toujours sur moi. C'est une belle photo d'un jour d'été avec Pierre-Marie et les enfants. J'aime cette photo, nous rions tous de bon cœur, nous sommes beaux. Je la lui tends. Il fronce à peine les sourcils, mais son regard change du tout au tout. Ses yeux font l'aller-retour entre la photographie et mon visage, comme s'il cherchait à retrouver la femme naturelle sous la couche de maquillage que je porte. Il regarde les autres sur la photo. Je ne comprends pas... Qu'est-ce qu'il y a ? Il se redresse, me tend la photo et se dirige vers la porte sans un mot. Qu'est-ce qu'elle a ma photo ? C'est le fait de me voir sans maquillage ou ce sont les enfants ? Finalement, pas besoin d'ail, ma truffe naturelle et mes choupis font l'affaire. Les gosses et les rides sont un anti-vampire de première[107] ! Docteur Van Helsing[108], j'ai une info pour vous ! C'est un tantinet vexant tout de même... Je sais bien que c'est mal, mais devenir un repoussoir à vampires parce qu'on est naturelle au quotidien et qu'on a deux poussins à charge, c'est dur pour l'ego ! Bref, les vampires sont vraiment une sale engeance !

Pendant que je conspue mentalement cette créature de la nuit, Marc s'affaire à l'ouverture de la serrure et, au bout de quelques instants, j'entends un clic de bon augure. Se pourrait-il que ce vampire ait quelques compétences utiles ?

Marc ouvre la porte.

— Alors, petite sorcière, et si je vous enfermais pour de bon pour éviter de vous avoir dans les pattes ?

Ma mâchoire se décroche d'indignation ! Ce... Ce...

— Déjà, je ne suis pas une petite sorcière ! Ensuite,

---

[107] Comme on les comprend... Quoi ! Je dis ce que je veux dans ma tête !

[108] Comment ça, c'est qui Van Helsing ! Eh bien, je ne vous félicite pas ! Vous allez me faire le plaisir de lire « Dracula » de Bram Stocker et vous saurez !

vous ne réussirez à rien sans moi ! Enfin, c'est moi Miss Marple !

Il m'observe en levant les sourcils vers le ciel.

— Vous vous rendez compte que votre argumentation est pitoyable, n'est-ce pas ?

Mufle !

— Je crois que je préférais quand vous étiez comptable ! Vous étiez plus poli !

— J'étais plus souple, c'est vrai. Maintenant, Chloé, on va mettre les règles du jeu en place : quand je donne un ordre, vous obéissez, ou je vous enferme et je viendrai vous chercher quand il n'y aura plus de danger...

— Je vous interdis !

— Alors vous obéissez...

— Mais...

— Ou je vous enferme.

J'en suis muette d'indignation !

— Est-ce que vous êtes armé ? m'enquiers-je.

Il rit. Un rire rauque et charmant, d'ailleurs... Non, Chloé, il est méchant ! Il menace de t'enfermer !

— Vous êtes obsédée par les armes, petite sorcière.

— Je veux savoir avec qui je vais faire équipe.

— Je n'ai pas besoin d'être armé, chérie, je suis une arme.

Non mais je rêve ! Il vient de m'appeler « chérie » !

— Le « chérie » était peut-être en trop... concède-t-il aussitôt, mais pour le reste, c'est vrai !

Je hausse les épaules ! Me voilà bien ! Faire équipe avec un mâle alpha ! Punaise, on m'aura tout fait !

— Eh bien, c'est un miracle que vous passiez encore les portes avec la tête énooorme que vous avez ! Ça va les chevilles ? Vous arrivez à vous chausser ?

Il ricane et se mord la lèvre inférieure...

— Vous ne m'avez pas répondu, Chloé…

Je râle… J'espérais qu'il ait oublié ce détail…

— Oui, bon, pfff, ça va ! Je vous obéirai ! Mais juste jusqu'à ce que la police arrive !

Il rit sous cape.

— Bien, je m'en contenterai.

Il ouvre la porte et passe en premier. Pour une fois, je ne vais pas m'en formaliser…

Chapitre 16.

Miss Marple n'a pas de superpouvoir...

L'allure de Marc s'est modifiée du tout au tout. Je le trouvais déjà mignon quand il était comptable, mais maintenant qu'il se déplace comme un espion... enfin, comme un détective privé... enfin, bref, j'ai chaud. Punaise, Chloé, calme-toi, tu es ridicule ! Qu'est-ce qu'il te prend ? Depuis dix-huit ans que tu es avec Pierre-Marie, cela ne t'est jamais arrivé. Qu'est-ce qu'il se passe ? C'est le démon de midi ? Les déguisements ? ou... Aïe, ou pire... Si je suis honnête avec moi-même, il faut bien que je m'avoue que je me suis lassée de mon époux... Comme il a l'air de s'être lassé de moi d'ailleurs. Il ne s'agirait que de nous deux, la décision serait plus simple à prendre, mais il y a les deux poussins en milieu. Ça, c'est dur...

Est-ce que j'en suis arrivée à ce point-là ? Est-ce que j'en suis au point où ma relation matrimoniale - ou plutôt mon absence totale de relation matrimoniale - me pèse tellement que je commence à regarder ailleurs ? Ça fait si longtemps... Je ne sais même plus si je saurais m'y prendre. Je fixe le dos large et puissant devant moi et je n'ai plus du tout envie de rire. Bien sûr, Marc est séduisant. C'est un fait. Il l'est encore plus depuis qu'il a ce petit côté viril et canaille mais, d'habitude, je ne l'aurais même pas regardé. Qu'est-ce qui s'est passé qui m'a tant éloignée de Pierre-Marie ? Ses absences continuelles... et sa mauvaise humeur... Depuis qu'il a pris ce nouveau poste, je ne le vois plus, les enfants non plus. Nous nous débrouillons tous les trois au quotidien et lui ne vient que de temps en temps pour râler, parce qu'on le perturbe dans ses réflexions ou que nous osons le fatiguer alors qu'il se repose... Je crois que c'est ça le plus pénible. L'entendre bougonner sans arrêt contre les enfants, alors que les poussins sont si contents de le voir le week-end... Philippe et Clotilde ne font que croiser leur père tout au long de la semaine, alors quand vient le week-end, ils espèrent faire des choses avec papa. Seulement papa n'a plus jamais de temps pour eux...

En fait, à bien y réfléchir, je crois que c'est ça qui me pèse le plus. Je suis une quasi-mère célibataire. Non, Chloé, tu ne peux pas dire ça ! Pierre-Marie subvient à tes besoins et à ceux des enfants. Ta situation n'a rien à voir avec une mère célibataire... En revanche, ta situation va être différente si tu divorces. Une de mes amies disait qu'un divorce appauvrit tout le monde, je crois qu'elle a raison... Mais ai-je le choix ? Ai-je envie de cette demi-vie maritale ? Si je divorce, il faudra que je reprenne un travail - au moins à mi-temps - pour subvenir aux besoins des enfants. Même si je sais que Pierre-Marie assumera financièrement sa part, comme toujours, il ne me donnera pas un centime de plus que ce qui sera prévu dans le jugement de divorce... Et je sais d'expérience que le quotidien des enfants coûte plus cher que les sommes allouées dans les jugements... J'ai assez vu mes copines divorcées tirer le diable par la queue pour en être convaincue... Bref, pas de rallonge financière, ni d'aide au quotidien. Je sais très bien que je ne pourrai pas compter sur lui. Je hausse les épaules, mes pensées m'ont entraînée bien loin des sous-sols du château pour quelques instants... Il faudra que je trouve un petit boulot en plus de celui d'actrice. Notre troupe a bien quelques engagements réguliers, mais cela ne suffit pas à faire bouillir la marmite à l'année. Tant pis, si je suis plus heureuse sans Pierre-Marie, il faudra que j'assume mes choix. Au moins, quand il aura les enfants un week-end sur deux et la moitié des vacances, j'ose espérer qu'il s'occupera d'eux... Et s'il demandait une résidence alternée ? Pourquoi pas, je n'y suis pas opposée, tant que nous restons dans la même ville... mais, le connaissant, il va pousser de hauts cris et me dire que je suis irresponsable et qu'il n'a pas le temps. Comme d'habitude, il s'arrangera pour passer pour la victime de la méchante Chloé... Ça aussi, j'en ai soupé !

Bon, Chloé, assez parlé de ton nombril[109] et concentre-toi un peu sur le présent ! Ici et maintenant, tu es dans la mouise et le seul qui semble apte à t'en sortir sans trop de bobos marche à peine un mètre devant toi, alors plan B ! Focus et concentration[110] ! Pfff, je n'ai même pas fait attention par où nous passions ! C'est malin, je suis perdue... Si Watson s'en aperçoit, il va encore se moquer de moi... Il s'arrête net et me fait signe de ne pas bouger. Je tends l'oreille. Pas de doute, ce fou de Watson nous a jetés dans la gueule du loup... Punaise, mais ils sont combien à côté ?

---

[109] Décidément, mon pauvre nombril est l'objet de nombre de réflexions ce week-end !

[110] Avez-vous remarqué à quel point mes pensées sont volatiles en ce moment ?

Comme tout à l'heure, j'entends des frottements, des caisses lourdes racler le sol, des paroles assourdies par l'effort...

— Putain ! Si j'avais su à quel point on allait en chier, je peux te dire que je n'aurais pas demandé le même tarif ! gronde un homme.

— La ferme et pousse ! On est en retard sur l'horaire ! On aurait déjà dû décoller !

— C'est de notre faute si ce connard est venu fouiller ?

— La ferme !

Marc se retourne et me fait signe de ne pas bouger, ajoutant à son geste impérieux un doigt sur la bouche. Bon, en gros, je ne bouge pas et je me tais... Qu'est-ce qu'il croit ? Que je vais me mettre à chanter et aller faire la bise aux brutes d'à côté ? Il file sans un bruit, me laissant seule comme une truffe dans l'assiette d'un restaurant étoilé... Autant dire que je suis seule de chez seule ! Punaise, ce vampire est exaspérant, mais je préfère quand il est à côté ! Les voix qui viennent de retentir à trop peu de distance à mon goût n'ont rien d'engageant. Des voix des bas-fonds, un vocabulaire de rustres bas-de-plafonds, si vous voulez mon avis... Donc si je comprends bien, ils sont en train de déménager des biens - de valeur, du moins peut-on l'imaginer -, ils ont été payés pour ça, l'opération était planifiée et un malheureux est venu les déranger... Ils ont pris des mesures contre cet imprudent, ce qui les a mis en retard... Oh ! Mon ! Dieu ! J'espère qu'ils ne parlaient pas du corps décapité !!! Si, dans leurs critères, la punition adéquate pour un dérangement est la décapitation, je n'ose pas imaginer ce qu'ils feraient à un détective privé qui enquête sur eux !!! Punaise, où est passé cet inconscient de Watson ? D'instinct, je me renfonce dans l'ombre, me collant au mur. Courage, Chloé, Watson est un grand garçon, il va très bien se débrouiller sans toi et toi sans lui[111] ! D'après ce que j'entends, Marc n'a pas été repéré par les déménageurs-tueurs. Ils continuent à grogner, pousser, vociférer, ahaner, râler, tirer, bougonner et gronder encore... Mais qu'est-ce qu'ils transportent ? Un éléphant ? Qu'est-ce qui peut être si lourd ? Les tableaux ? Non. Je n'ai vu aucune pièce qui puisse être si encombrante... Une statue ? C'est plus plausible. En pierre ou en bronze, chaque œuvre pèse son poids... Le problème, c'est que Cyrielle n'a pas repéré de sculptures parmi les faux qu'elle a identifiés. De plus, je n'ai pas vu tant de statues que cela dans le château... À l'extérieur dans ce cas ? Je n'y ai pas prêté attention... Zut... Et le fouineur qui les a dérangés, qui est-ce ? Là, cela prend une tout autre tournure... Pour une fois, j'espère que j'ai mal compris et que tout le monde me dira : « Chloé, tu as l'esprit mal tourné ! », parce que si je devine bien, je préfère partir en courant du château que de rester ici une minute de plus !

J'en suis là de mes réflexions, quand quelqu'un me saisit par l'arrière d'une poigne de fer et m'entraîne dans la direction que je ne veux surtout pas emprunter : celle des déménageurs-tueurs. Un bras en travers de la gorge et une main qui m'écrase le visage, il me fait mal. J'essaie de défaire l'étreinte d'acier, mais je ne reçois qu'un ricanement dans le cou pour seule réponse. Pitié, pas les déménageurs-tueurs ! Pas ces brutes ! Pitié pour moi et mes poussins ! J'ai beau essayer de me débattre, il m'écrase contre lui. Je sens

---

[111] Finalement, j'étais bien enfermée dans mon cachot avec le vampire... On ne devrait jamais chercher à améliorer sa situation, parfois elle empire !

sa large bedaine flasque contre mon postérieur. Je me sens mal... J'ai du mal à respirer... Pitié... La tenaille se desserre d'un coup. Je tombe à quatre pattes et tousse comme une perdue. Je me retourne quand même pour observer la scène. Marc a passé son bras en travers du cou de mon agresseur. Un homme mal rasé, fort comme un buffle, le regard injecté de sang... Il se débat, mais Marc est dur et tient sa position. D'une main, il verrouille son bras, de l'autre, il pousse la tête du bandit en avant. D'un coup, l'autre se ramollit et perd connaissance. Marc maintient sa prise encore quelques secondes et desserre. La brute tombe inerte par terre, alors que Marc se précipite vers moi. Il me relève d'un geste, me saisit la main, me fait passer par-dessus le corps étendu et m'entraîne plus loin dans un silence inquiétant. J'ai du mal à respirer, je vais tomber dans les pommes si ça continue... Marc doit sentir que je ne vais pas pouvoir continuer longtemps et il nous fait grimper l'escalier vers le rez-de-chaussée. Je m'arrête au milieu, c'est au-dessus de mes forces. Mon cœur bat à tout rompre, j'ai le souffle court. Je vois Marc se baisser devant moi et il me fait basculer sur son épaule. J'ai le visage dans son dos et lui mon postérieur sous le nez ! Je vous jure ! On m'aura tout fait.

— Ne vous inquiétez pas, Chloé, je ne profite pas du tout de la situation ! ricane-t-il.

Je rêve. J'ai la gorge nouée, je n'arrive pas à parler sans tousser, aussi j'utilise le seul moyen de me faire comprendre et je lui claque les fesses ! Non mais ! Il éclate de rire et me fait franchir la lourde porte de bois. Il me dépose à terre, me cale contre un mur et verrouille la porte avec une planche de bois et de fer capable de résister à n'importe quel assaut.

Je prends enfin le temps de respirer. Je glisse au bas du mur et je me tâte la gorge avec douleur, quand Marc s'accroupit devant moi. Il observe mon cou et m'aide à me relever.

— Il faut mettre de la glace. Il vous a compressé les veines et les artères du cou, vous privant pour quelques instants d'oxygène, mais ne vous inquiétez pas, je l'ai arrêté à temps.

Il me conduit en quelques instants dans la cuisine, toujours vide, et m'assied sur une chaise dans un angle. Il ouvre le petit bloc congélateur, sort une poche de glaçons et l'entoure d'un torchon.

— Mettez ça contre votre cou, là où vous avez mal, cela diminuera les bleus. Respirez, je reviens tout de suite.

Il disparaît et je prends enfin le temps de souffler et de pleurer un petit peu[112].

---

[112] J'ai le droit, j'ai eu peur et je ne suis pas aguerrie à ce genre de cascades en mauvaise compagnie ! En plus, ça fait toujours du bien, ça remet les idées en place et je crois que je vais en avoir besoin... Quand je vais mettre la main sur ce satyre qui nous a entraînés dans ce traquenard, je peux vous jurer qu'il va me le payer ! Un super cachet, qu'il disait ! Le client nous a contactés lui-même ! Un piège, mon pauvre Luc, et tu as foncé dedans sans réfléchir ! On ne devrait jamais confier la gestion de ses affaires à un satyre !

Les plans de survie de Chloé[113]

Nouvelle version : Halloween en milieu hostile

Plan A : Silence et observation (ça je garde).

Plan B : Focus et concentration (ça aussi je garde).

Plan C : Éducation et savoir-vivre (ne pas voler le lit d'autrui...). (Vous admettrez que c'est un détail désormais...)

Plan D : Éducation et savoir-vivre (ne pas faire pipi dans sa culotte quand on trouve un macchabée qui pue ou qu'on est étranglé par une brute...)[114] *(C'est important).*

Plan E : Bien choisir son Watson !

---

[113] Alors là, il faut que je me pose deux minutes et que je revois mes tactiques...

[114] En fait, en général, il ne faut pas faire pipi dans sa culotte... Surtout quand votre Watson personnel vous charge sur son épaule !

Chapitre 17.

La nuit d'Halloween... Je vais peut-être prier

un petit peu...

Marc revient quelques minutes plus tard et, à sa mine, je sais que les nouvelles ne sont pas bonnes. La compresse de froid m'a fait du bien et j'ai pu récupérer mon souffle. En revanche, je croasse un peu...

— Vous avez pleuré ? me demande-t-il.

Ah oui, c'est vrai. J'avais oublié. Je m'essuie les yeux d'un geste rapide. J'ai les idées plus claires.

— Ne vous inquiétez pas, ça me permet d'évacuer, expliqué-je. Ça va maintenant. Que se passe-t-il ?

— Ils ont tous disparu...

— Je vous demande pardon ?

— Il n'y a plus personne dans le château.

D'accord... Soit les invités et la troupe ont décidé de tenter leur chance à l'extérieur, soit les brutes les ont enfermés quelque part...

— Où avez-vous regardé ? demandé-je.

— Salon, bibliothèque, chambres...

— Rassurez-moi, notre mort n'a pas bougé, n'est-ce pas ?

— Ah non, remarque Marc, vous avez raison, c'est un point positif. Le décapité est toujours dans son fauteuil !

On échappe au moins à l'attaque de zombies...

— Bien, dis-je en me relevant. Que faisons-nous ?

Marc me fixe, interdit.

— Vous, vous allez sortir d'ici et m'attendre dans le parc. Moi, je vais retourner en bas et vérifier que les clients et nos compagnons monstres ne sont pas retenus dans les cellules que nous avons étrennées.

— Bien sûr, vous allez affronter seul une horde de brutes et vous faire décapiter pour la gloire. J'ai un autre plan Watson et il ne comprend pas votre mort en héros.

Marc sourit en coin. À un autre moment, je le trouverais craquant, mais là rien. La brute qui m'a étranglée ne plaisantait pas. Il m'a fait mal sciemment, en conscience. Ces hommes-là doivent être évités autant que possible et nous ne devons les affronter qu'en cas d'extrême nécessité. Priorité absolue, je vais me débarrasser de cette robe longue qui m'empêche de me battre. Je saisis un couteau, transperce le tissu à hauteur de mi-cuisse et je déchire la lourde étoffe de velours... C'est Muriel qui va être contente. RIP, longue robe de sorcière, tu étais belle mais pas pratique.

— Mais qu'est-ce que vous faites ?

Je resserre mes bottes autour de mes mollets. Je déchire une bande de tissu et fixe à ma cuisse un couteau de cuisine bien aiguisé.

— Vous êtes possédée ?

— Préparez-vous, nous partons à la recherche de la cabane du jardinier.

Marc fronce les sourcils.

— Et qu'espérez-vous y trouver ?

— Un téléphone.

Il réfléchit quelques secondes et acquiesce.

— Vous avez raison, Miss Marple. Quand on est en infériorité numérique, il faut être plus intelligent.

Il roule sa cape en boule, ramasse les morceaux de ma robe et jette le tout dans le fond d'un placard. Puis, il enlève sa veste, qui suit le même chemin, et découvre un gilet aux multiples poches, dont la plupart sont pleines... D'un coup, je comprends la curiosité de Gollum pour les poches de Bilbo : « Qu'est-ce qu'il a dans ses poches ? ». Un kit de crocheteur de serrures, c'est certain, mais je vois aussi un coup-de-poing américain, un taser et un tonfa en travers de son dos... Mais c'est qui ce gars ? James Bond ?

Il me tend un petit cylindre noir.

— Matraque télescopique. Vous frappez de toutes vos forces avec... Pas sur moi de préférence.

Je lui adresse une mimique peu amène... M'énerve ce mâle alpha...

— D'accord, James...

Il sourit.

— Ah, ce n'est plus ce bon vieux Watson.

J'inspire et fais une moue boudeuse.

— Non, à ce niveau-là, ce n'est plus Watson... Puis-je savoir à quel corps vous apparteniez ?

— Secret défense, Chloé.

Je hausse les épaules. Tant pis, je finirai bien par savoir.

— Et vous, Chloé ? Vous n'êtes pas très impressionnable tout de même...

— Si vous aviez connu ma belle-famille, vous comprendriez...

Il ricane et secoue la tête.

— D'accord, Chloé. Je sors en premier et vous me

suivez. Si nous rencontrons un adversaire, je l'affronte, vous fuyez. S'ils sont plusieurs, défendez-vous jusqu'à ce que je puisse vous débarrasser de votre adversaire. Compris ?

Je hoche la tête. Marc se dirige vers la porte, il inspire à pleins poumons et ouvre. Il disparaît et je plonge à sa suite dans quelque chose de peu rassurant, mais de terriblement excitant ! Chloé, calme-toi ! Ce n'est pas un film ! Merci petite voix intérieure ! Maintenant, j'ai la pétoche !

Marc choisit une voie non traditionnelle, puisqu'il entre dans la première salle pourvue d'une fenêtre vers l'extérieur, n'allume pas la lumière, entrouvre la fenêtre, vérifie les environs et sort sans un bruit[115]... Punaise, c'est quelque chose de voir James Bond en action. Il me fait signe de venir, j'enjambe la fenêtre (RIP dignité, shorty + robe courte = gros embarras[116]) et il me réceptionne à l'arrivée. Nous nous baissons derrière les haies d'ornementation. Marc met un doigt sur sa bouche, puis pointe son index vers le chemin autour du château. Punaise ! Je rêve ou c'est un homme en arme qui fait le guet ? Non mais on est où là ? J'ai basculé dans la quatrième dimension ? Cthulhu[117] est arrivé et

---

[115] Ben quoi ? Oui, c'est vrai, je pensais qu'on allait passer par la porte... et j'aurais peut-être même allumé la lumière... Quoi après tout ce que j'ai dit sur Watson ? Bon, d'accord, sur ce coup, Miss Marple n'est pas très douée, mais je vais me rattraper !

[116] Heureusement, il me reste le manteau...

[117] L'entité cosmique monstrueuse de Howard Phillips Lovecraft. Un être charmant, qui n'est qu'amour et bienveillance comme *Alien* et *Predator*... en pire...

personne ne m'a prévenue ? Mais c'est pas Dieu possible de voir ça de nos jours en Dordogne !!! Punaise de punaise de punaise !!! Marc me fait signe de le suivre ! Ben ça, mon coco, c'est pas la peine de me le dire deux fois ! Je vais coller James Bond comme un chewing-gum à une semelle[118] !

Nous sommes à couvert dans les bois mais, maintenant, le grand jeu est de retrouver la cabane du jardinier dans l'immense parc. Nous formons des cercles autour du château de plus en plus larges, pour être certains de ne pas rater le bâtiment, s'il existe. Nous avons à peine parlé depuis que nous sommes sortis du château... Pourtant, je voudrais échanger avec Marc, je voudrais savoir ce qu'il pense de la disparition des joueurs et des acteurs... Pourvu qu'il ne soit rien arrivé à Cyrielle, Serge, Luc et Muriel... Bien sûr, je m'inquiète pour les joueurs, mais je suis si proche des autres membres de la troupe... Nous avons traversé tant de choses ensemble. La mort des parents de Luc, le divorce de Serge, les déboires de Muriel et de ses enfants, les multiples ruptures de Cyrielle... et mes mésaventures avec ma belle-famille... Ils étaient toujours là pour moi quand je revenais des « charmantes vacances » passées en famille... Et j'en avais bien besoin[119]. Plan B, Chloé : Focus et concentration ! Marc est toujours aux aguets, contrairement à moi... Chloé, tu es super-naze ! Nous sommes perdus au beau milieu d'un parc, en pleine

---

[118] Oui, ce n'est pas poétique mais, vous permettez, je stresse juste un petit peu !

[119] Cf. Pour ceux qui ne voient pas de quoi je parle, lisez « Et si je vous offrais des coups de pelle pour Noël ? », vous comprendrez !

nuit d'Halloween, une troupe de déménageurs-tueurs rôdant dans les parages, à la recherche d'un moyen de communiquer avec l'extérieur plus rapide que la gargouille[120] ou le pigeon voyageur[121] et, toi, tu fais le bilan de ta vie ! Marc s'arrête d'un coup. Dans l'obscurité, je ne vois rien et je me prends le tonfa accroché dans son dos en plein groin ! Punaise !

— Chloé, vous restez ici et si c'est ok, je vous fais signe.

Il file sans attendre ma réponse. Si c'est ok quoi ? J'y vois rien ! Je me frotte le nez et j'aperçois dans un reflet de lune ce qui a précipité Marc en avant... en m'abandonnant toute seule dans un bois... par une nuit d'Halloween... Oh, punaise ! Plan D, Chloé !!! Plan D[122] !!! C'est moi ou j'entends du bruit... Il y a toujours des bruits dans la nuit... dans la forêt... STOP ! Bon, il est où le vampire ? Je ne vois rien ! Punaise, mais c'est pas possible, il a une vision bionique pour avoir repéré cette pauvre cabane... Aïe, je ne sais pas si nous allons trouver un téléphone finalement...

— Chloé.

Je fais un bond de pure terreur. Punaise de punaise de punaise ! J'ai failli avoir un arrêt cardiaque ! Mais ce n'est pas Dieu possible de surgir comme ça à côté des honnêtes gens !

— Mais vous ne pourriez pas faire un peu plus de

---

[120] C'est raccord avec Halloween, mais peu mobile... Du moins, celles que je connais...

[121] Beaucoup plus rapide que la gargouille, mais impossible de mettre la main sur l'un de ces volatiles !

[122] Quoi ? Vous ne vous en souvenez déjà plus ? Ne pas faire pipi dans sa culotte ! Je peux vous dire que je ne me suis jamais autant rappeler cette règle de savoir-vivre depuis ma prime enfance, mais ce week-end me remémore toute l'importance de savoir tenir son sphincter vésical !

bruit !!! murmuré-je tout en essayant de crier[123].

— Non.

Quoi, c'est tout ? Je frôle la mort de trouille et, lui, me répond juste « non » !

Il me montre un vieux téléphone à clapet tout pourri qui ne fait que téléphone dans des conditions optimales... S'il y a du réseau et je peux vous jurer que cet appareil ne doit avoir qu'une ou deux barres à trois mètres d'une antenne-relais... Je fais une moue peu convaincue en voyant l'appareil.

— Vous avez pu appeler quelqu'un ? m'enquiers-je.

— Pas de réseau...

Punaise, qu'est-ce que je disais ?

— Chloé...

— Quoi ?

Je reporte mon attention sur Marc. Il n'a pas l'air très bien... Un peu blanchâtre ? Verdâtre ? Difficile à dire dans l'obscurité.

— Nous avons trouvé la scène de crime...

— Merde...

Je mets ma main devant ma bouche par réflexe pour étouffer le moindre son qui pourrait en sortir par surprise. J'attends la suite.

— Il y a la tête... Ce n'est pas celle d'Henry Williams...

Oh ! Mon ! Dieu !

---

[123] Oui, je sais, ce n'est pas facile !

Chapitre 18

Je vais me faire une petite nuit blanche, c'est mieux.

Je tourne mon regard vers la cabane et je déglutis... Si ce n'est pas Henry Williams, qui est-ce ?

— Vous l'avez reconnu ? osé-je.

— Non mais, d'après le téléphone, c'était le jardinier...

Je fronce les sourcils... Le jardinier ? Marc me montre une photographie prise avec le pauvre téléphone à clapet. Elle est pixélisée, mais le visage est assez clair pour qu'il ait pu reconnaître cet homme. Une soixantaine d'années, cheveux gris, bon sourire... Le jardinier ? J'entends encore « C'est un sauvage, un solitaire ! »... Je regarde de nouveau le visage de cet homme... Solitaire, je n'en sais rien, mais sauvage, non ! Quelque chose cloche...

— Ils ont laissé sa tête comme ça ? Posée ?

— Jetée à terre, comme un déchet... gronde Marc. Chloé, ce ne sont pas de simples voleurs, ce sont des tueurs...

Mon sang quitte mon visage d'un coup. Oh ! Mon !

Dieu ! Et tous ces gens qui sont entre leurs mains...

— Qu'est-ce qu'on va faire ? déglutis-je avec difficulté.

Marc paraît préoccupé pour la première fois depuis le début de cet étrange week-end... Son regard se fait lointain et il semble quelque peu indécis...

— J'ai pris des photos et je les ai envoyées à un ami, annonce-t-il en me désignant le portable du jardinier. Dès qu'il y aura assez de réseau, elles partiront avec le message. Il y a nos données GPS et un code. Il comprendra...

Finalement, mon coéquipier s'appelle bien James Bond. Si on m'avait dit qu'un jour, je serai une James Bond girl, je ne l'aurais pas cru... Je présente solennellement mes plus plates excuses à toutes les générations de James Bond girls que j'ai conspuées parce que je les trouvais nouilles... Bilan du jour pour Chloé la James Bond girl : une robe déchirée, un étranglement et un tonfa dans le nez... Pas terrible ce bilan ! Bon, Chloé, tu te bouges et tu vas mettre des coups de pelle aux méchants ! Je me demande s'il a une pelle le jardinier ?

— Je pensais vous laisser ici à l'abri, mais...

Je sursaute d'horreur. Brrr, toute seule avec la tête de ce malheureux !

— C'est absolument hors de question !

Est-ce que James Bond se débarrasse de ses James Bond girls comme de vulgaires chaussettes ? Certes non ! Pas avant de les avoir... Heu... Enfin, vous voyez, mais la question ne se pose pas ici !

— Dites donc, Monsieur le détective privé, puisque nous sommes seuls dans les bois, ne serait-ce pas le moment de me mettre au parfum ? Sur quoi enquêtez-vous ?

Je sais, la curiosité est un vilain défaut... et Marc ne semble pas disposé à desserrer la mâchoire... Il a parfois des regards durs qui vous foudroient, mais j'ai été à bonne école avec les Martin du Desclin[124] !

— D'accord, James, je vous dis ce que je sais et vous me dites ce que vous savez...

Il sourit en coin... Pas l'air très convaincu le James... Finalement, ce n'est pas bon pour son ego de l'appeler « James », il se sent en position de force. Je vais continuer avec « Watson », c'est mieux.

— Depuis combien de temps la tête attend-elle ici à votre avis ?

Marc lève les sourcils. Il semble étonné. Quoi, je sais que mon bilan de James Bond girl est nul, mais j'ai dit que j'allais me rattraper !

— Le sang est-il sec ? continué-je. Y en a-t-il beaucoup ? Des projections ?

— C'est la scène de crime. Il y a des projections très importantes contre les murs, le sol est plein de sang et, à première vue, il est sec...

— Y a-t-il une assiette ou un plat à gâteau ? Quelque chose qui aurait pu contenir des parts de gâteau au chocolat ?

Alors là, le James-Watson est perdu. Un point pour Chloé !

— De quoi parlez-vous, Chloé ?

Ah ! Ah ! J'ai enfin réussi à piquer son intérêt ! Comme je suis bonne fille, je vais lui expliquer... et j'espère bien qu'en contrepartie, il va cracher le morceau de son côté !

— Quand j'ai discuté avec la cuisinière un peu plus tôt cette après-midi, elle m'a dit que le jardinier lui

---

[124] Il faut bien qu'ils servent à quelque chose ces emm... !

avait volé la moitié d'un gâteau au chocolat...

— Je vais vérifier, restez ici.

Et il repart, me plantant là comme une courge... Mais il est pas Dieu possible ce bonhomme ! Il est entré en compétition avec les Martin du Desclin pour savoir lequel casse le plus les pieds à Chloé, ou quoi ? Il faut que je sois patiente tout de même et que je n'ai pas du tout envie de contempler une scène de crime[125] pour tolérer ses va-et-vient incessants... Réfléchis, Chloé, si Marc trouve le plat ou l'assiette de gâteau, cela signifiera que la cuisinière aura dit la vérité, mais s'il ne trouve pas...

— RAS[126].

Punaise de punaise de punaise !!! Je vais crever de trouille ici dans les bois !

— Vous ne pouvez pas être un peu moins discret !!!

— Non, vous êtes trop drôle à sauter en l'air comme une grenouille.

QUOI ? En plus, il le fait exprès ce barbare !!!

— Quand vous aurez fini de vous amuser à mes dépens, Watson, nous pourrons peut-être réfléchir à notre affaire.

— Je suis tout ouïe, Miss Marple. Donc, la cuisinière vous a dit que le jardinier lui avait volé la moitié d'un gâteau au chocolat aujourd'hui même... Le problème est qu'il n'y a pas de gâteau dans la cabane et que je vous confirme que le sang est sec...

— Donc la goule est soit une affabulatrice, soit une menteuse, soit une complice... Par conséquent, je dois remettre en cause tout ce qu'elle m'a dit... Punaise... De quoi avons-nous parlé toutes les deux ?

---

[125] Brrr, rien que d'y penser, j'en ai des frissons...
[126] Rien à signaler.

Je plonge dans mes pensées quelques instants et je me projette de nouveau quelques heures auparavant, quand je discutais avec la goule... Cuisine, chaleur, chocolat... Elle m'a mis dans de bonnes dispositions pour que je gobe tout ce qu'elle disait sans réfléchir...

— Elle m'a dit que Monsieur Williams avait des problèmes d'argent, consécutifs à son divorce ; que son ex-épouse était partie avec tous les meubles de valeur, lui laissant le château ; qu'ils avaient divorcé suite à une infidélité de Monsieur Williams, probablement avec Madame Gautier, sa secrétaire ; que je devais peut-être mon séjour dans les sous-sols à la mauvaise grâce de la secrétaire ; que le jardinier avait volé du gâteau ; que c'était un sauvage, un solitaire ; que même si Monsieur Williams lui avait demandé de tenir un rôle ce week-end, il aurait refusé... Zut, je ne sais plus...

Marc m'observe en silence quelques instants... Un autre point pour Miss Marple !

— Finalement, vous êtes assez compétente pour faire parler les gens... On fera peut-être quelque chose de vous, Miss Marple.

Je le fusille du regard. Grrr ! Pour qui se prend-il ? Bon, d'accord, pour James Bond, mais quand même ! Il n'a pas le droit de me donner des leçons d'espionnage[127] !

— Très bien, Chloé, si vous me promettez de ne pas parler de ce que je vais vous dire, je veux bien échanger avec vous quelques informations confidentielles.

Je resserre les pans de mon manteau autour de moi et je me concentre... La nuit est froide et la buée sort de nos bouches à chacune de nos paroles.

— Je vous écoute, dis-je en hochant la tête pour lui

---

[127] Bon, d'accord, peut-être un petit peu...

signifier mon accord[128].

— Très bien... J'ai été engagé par l'ex-épouse de Monsieur Henry Williams pour enquêter sur ses ressources financières.

Beuh ? C'est nul ! Enfin, quoi ? Est-ce que James Bond se déplace pour ce genre d'affaires ? Grrr, Chloé, tu t'es fait avoir ! Tu as promis ton silence sur une affaire complètement naze qui n'intéresse personne !

— En quoi cela concerne-t-il votre cliente ? Ils sont divorcés...

Je suis professionnelle ! Enfin amatrice, mais en cours de professionnalisation ! Même si l'histoire est nulle, je m'intéresse... et j'ai bien du mérite !

— Elle est concernée au plus haut point car, si cette dame s'est vu attribuer des meubles, des tableaux et des statues lors du partage, la plupart d'entre eux sont faux.

Je fronce les sourcils. Le retour des faux dans l'équation...

— De deux choses l'une, commenté-je, soit le notaire en charge du partage était un incapable, soit il était de mèche avec Monsieur Williams. Dans les deux cas, comment peut-on procéder à un partage de cette sorte sans expertise ?

— Il y a eu une expertise et l'expert en a conclu que les meubles étaient authentiques...

Je fronce davantage les sourcils, je vais finir par être toute ridée à cause de ces bêtises !

— Donc l'expert était payé par Monsieur Williams... supposé-je.

— Non plus, j'ai vérifié. Aucun mouvement financier

---

[128] Ça va être dur de tenir ma langue, mais je veux bien essayer...

suspect, aucun changement de niveau de vie...

J'essaie de comprendre l'enchaînement des faits...

— Vous êtes en train de me dire que, lors de l'expertise, les biens étaient authentiques mais que, quelque temps plus tard, on livrait à votre cliente des faux...

— Bien déduit, Miss Marple.

Il me manque des pièces au puzzle...

— Comment s'en était-elle aperçue ? demandé-je.

— Classique. Elle a eu besoin d'argent et elle a voulu vendre un meuble. Elle a utilisé l'expertise réalisée lors du partage, ce qui lui a permis de placer le meuble chez un commissaire-priseur. Néanmoins, il a eu un doute sur l'authenticité de la pièce et a appelé un expert, qui a confirmé son opinion : le meuble était un faux de très bonne facture, mais un faux quand même.

Par conséquent, un expert A authentifie un meuble avant partage ; un expert B disqualifie le même meuble et l'estampille de faux quelque temps plus tard... Si Monsieur Williams a substitué une copie au meuble authentifié, il n'a eu qu'un court délai pour la faire réaliser...

— Je suppose que vous vous êtes assuré de la bonne foi de votre cliente...

Marc pince les lèvres... Heureusement que je suis en mode plan B : Focus et concentration ! Je peux vous dire que ça en déconcentrerait plus d'une... Je disais quoi déjà ?

— Ma cliente est hors de soupçons. Elle a payé des assurances dispendieuses pour découvrir, après plusieurs années, que les pièces assurées étaient fausses...

Oui, c'est ça ! Merci Watson... Je reprends mon raisonnement :

— Combien de temps s'est écoulé entre l'expertise et l'entrée en possession des meubles par votre cliente ?

— Environ deux mois, ce qui était rapide.

— Soit Monsieur Williams a fait réaliser des copies pour tromper son ex-épouse dans le délai compris entre l'expertise et le partage effectif, soit...

— Soit il disposait déjà des faux, compléta Marc.

Je me masse les tempes...

— Si tel est le cas, j'ai bien peur que Monsieur Williams ne soit pas très recommandable. D'après Cyrielle, les copies étaient de très bonne facture. On ne trouve pas de faussaires de ce niveau à tous les coins de rues...

— Alors, Miss Marple, vos conclusions ?

— Vous d'abord, Watson !

Il ricane et s'adosse à un tronc d'arbre.

— Je crois que Monsieur Williams est un voleur et un receleur professionnel.

Je réfléchis... Watson se moque de moi. S'il n'a abouti qu'à ce genre de conclusions après une enquête approfondie, c'est qu'il est nul... ce que je ne crois pas... Voyons voir ce que Miss Marple peut proposer de mieux...

— Il vole des œuvres d'art, les place sous le manteau et les remplace par des faux auprès de leurs légitimes propriétaires, ce qui diffère la révélation du vol... C'est habile, cela nécessite des compétences et une organisation stricte, mais c'est faisable. En revanche, c'est un plan qui se réalise en équipe. Monsieur Williams est la tête de l'organisation, il n'agit pas seul.

Marc a un sourire lumineux, ses yeux s'animant de pattes d'oie charmantes... Je ne suis pas certaine que Watson ait fait cet effet à Sherlock...

— Félicitations, Miss Marple... Ce sont les

conclusions de mon rapport.

Miss Marple ! C'est ça, Chloé, concentre-toi sur Miss Marple ! Est-ce que cette honorable petite mamie anglaise se préoccupe des inspecteurs et autres jeunes gens qui croisent sa route ? Certes non ! Prends-en de la graine, Chloé ! Focus sur l'enquête ! Donc équipe de voleurs organisés, qui remplacent les biens volés par des faux de bonne facture pour dissimuler leurs infractions... Par conséquent, des criminels discrets...

— Mais à quoi avons-nous affaire ce soir ? m'interrogé-je. Qu'est-ce que c'est que ce déménagement ? C'est à contre-courant de leurs pratiques habituelles, fondées sur la discrétion...

— Et si les forces de police se rapprochaient de leur trafic ? propose Marc. Si des substitutions avaient été repérées ?

— Ils fuient ? Mais c'est ridicule ! Pourquoi attendre la nuit d'Halloween, quand le château est plein de témoins pour organiser le grand déménagement ?

— C'est justement ce qui me préoccupe tant...

Marc se redresse d'un bond. Il m'observe.

— Restez ici, je vais retourner au château.

Il se détourne déjà, mais je lui saisis la main.

— Je ne sais pas ce que vous avez en tête, mais vous n'irez pas seul !

Marc me fusille du regard. Si tu crois m'impressionner, mon coco, c'est que tu n'as jamais été assassiné du regard par un Martin du Desclin !

— Vous restez ici ! tranche-t-il.

— Non, je viens avec vous ! Même James Bond a besoin d'un ange gardien !

Il sourit et, sans prévenir, me caresse la joue avec douceur. Je suis bouleversée par ce geste simple et affectueux... Cela fait bien longtemps que personne n'a songé à faire preuve de délicatesse à mon égard...

— Vous n'êtes pas taillée pour être mon ange gardien, petite sorcière.

Il se dégage d'un geste et file dans la nuit. Punaise ! Mais quel casse-pieds ! Ce n'est pas Dieu possible de me retrouver à faire équipe avec un emm... avec un... Ouhhh ! Un emmerdeur pareil ! Une caresse et *ciao bella* ! Non mais tu vas voir si tu peux te débarrasser de moi aussi facilement !

Bon, puisque je suis 1 - toute seule, 2 - dans la forêt, 3 - en pleine nuit, 4 - un soir d'Halloween, 5 - non loin d'une tête orpheline, je pense que je vais 1 - faire une petite prière ; 2 - vérifier ce que je peux trouver comme armement complémentaire ; 3 - rejoindre cet emmerdeur de suicidaire de Watson.

Que quelqu'un me donne une pelle !

Chapitre 19

Des méchants à la pelle...

Courage, Chloé, il ne sera pas dit que tu auras abandonné tes compagnons d'infortune à leur sort ! Punaise, faut vraiment que je sois désespérée pour dire des trucs pareils. Bref, j'ai trouvé ce que je cherchais... Ceux qui me connaissent savent ce que c'est, pour les autres, j'ai trouvé une pelle ! Oui, je combats à la pelle, c'est mon droit. Certes, cet accessoire est un peu lourd, peu conventionnel, mais il vous permet d'assommer n'importe quel adversaire et, en cas de besoin, un coup de tranchant dans le genou devrait sacrément ralentir n'importe quelle brute ! Maintenant, Chloé, tu vas te faire discrète et tu vas essayer autant que faire se peut d'éviter lesdites brutes[129]... En revanche, je voudrais savoir qui sont mes adversaires parmi ceux que je connais... Monsieur Henry Williams, méchant sans l'ombre d'un doute. La goule-cuisinière, on va dire qu'elle a une potentialité d'appartenir au camp adverse de 70 %. La démone-secrétaire... Bonne question... Pour le

---

[129] J'espère que Watson fera preuve de la même sagesse... Vous en doutez ? Moi aussi...

moment, je n'ai aucun élément probant en dehors du témoignage de la goule-cuisinière, ce qui n'est pas concluant... Les clients ? Je ne sais pas... De toute façon, le premier qui fait un mouvement déplaisant se prendra un coup de pelle en pleine face ! Oui, c'est une mauvaise habitude que j'ai prise !

Je me rapproche du château en toute discrétion. Je me tapis dans l'ombre et prends le temps d'observer les alentours... Personne, pas même le garde armé que nous avons vu avec Marc... Où sont-ils passés ? Ont-ils fini leur déménagement ? Si c'est le cas, je devrais pouvoir faire le tour du château sans voir de camions... La plupart des caisses que j'ai entrevues dans les sous-sols étaient volumineuses et semblaient lourdes. Si le but de cette opération est de faire disparaître toute trace de leur trafic, ils doivent avoir prévu plusieurs camions... Si je trouve les véhicules, je saurai où la bande se trouve dans son immense majorité... ce qui me permettra de tenter soit de libérer les autres, soit de mettre la main sur Marc...

J'entreprends de faire le tour du château à couvert des bois environnants. Pour le moment, je ne repère personne. Étrange. D'après moi, nous ne nous sommes pas absentés très longtemps. Tout au plus, une heure ou une heure et demie, soit un temps insuffisant pour vider le château de tous les meubles, tableaux et statues authentiques qu'il peut encore abriter. Je poursuis mon exploration tout en essayant de clarifier mon idée de cette affaire. Que Monsieur Henry Williams soit un bonhomme désagréable, je veux bien l'admettre ; qu'il soit à la tête d'une entreprise de faussaires et de voleurs, pourquoi pas ; mais qu'il tue ou qu'il fasse assassiner son jardinier, pour revêtir son cadavre du costume de son loup-garou me laisse perplexe. Il y a tout de même une différence de degré criminel entre les deux. Comment passe-t-on d'un voleur qui opère par ruse et dont le but est de retarder au maximum la découverte de son forfait, à un assassin découpeur de cadavre ou, pire, découpeur de jardinier encore en vie. La pâleur de Marc me fait imaginer le pire pour ce pauvre monsieur. Qu'est-ce qui, dans la tête d'Henry Williams, a pu justifier un tel crime ? L'argent ? La vengeance ? Il n'agit pas pour l'argent, du moins pas exclusivement. S'il n'a écoulé sur le marché parallèle ne serait-ce que les trois œuvres repérées aujourd'hui par Cyrielle, il dispose déjà de capacités financières très confortables. Par conséquent, l'argent ne justifie pas à lui seul ce départ précipité. En revanche, si, comme l'a supposé Marc, les forces de l'ordre ont repéré l'une ou l'autre de ses transactions, voire ont identifié des vols commis au détriment d'autrui, Monsieur Williams a pu décider de changer d'air et d'emporter avec lui non seulement les œuvres originales qu'il lui reste, mais encore les copies qui pourraient lui être utiles... La question est comment ou grâce à qui son trafic a-t-il été repéré ? Je n'aime pas cela du tout... Si l'ex-épouse est à la base des ennuis actuels de Monsieur Williams, nul doute qu'il aura fait surveiller cette dame... La cliente de Marc... Marc qui s'est fait passer, par je ne sais quel miracle, pour un comptable pour surveiller les capacités financières de Monsieur Williams... qui l'a invité à séjourner au château pendant le grand week-end de déménagement... Aïe... Si Henry Williams sait que son ex-épouse l'a dénoncé aux forces de l'ordre comme trafiquant d'œuvres d'art, s'il sait qu'elle a engagé Marc pour enquêter sur lui, s'il a reconnu dans ce nouveau comptable le détective privé engagé par son ex-épouse, il ne l'a pas invité à participer à ce week-end pour admirer ses beaux yeux. *Vengeance...* Avant d'assassiner le jardinier, il place la tête de porc dans mon panier et signe ainsi une menace directe contre lui qui fait référence à son ex-épouse, puis assassine le jardinier pour le faire passer pour lui, avant de faire disparaître la tête du cadavre et le détective privé qui en sait trop... Je ne sais pas si je suis taillée pour être son ange gardien, mais Marc va avoir besoin de moi...

🕷 ☠ 🕸 🗡

J'ignore si je suis sur la bonne voie quant à mes déductions, mais un choix s'impose à moi. Soit je vais récupérer la tête du jardinier pour la cacher quelque part et éviter qu'elle ne soit détruite par les bons soins de Monsieur Williams ou de l'un ou l'autre de ses complices ; soit j'essaie de retrouver Marc qui ne doit pas être en bonne posture... Les vivants sont prioritaires. D'abord Marc !

Quel casse-pieds de mâle alpha de James Bond de pacotille ! Oui, je suis un tantinet contrariée ! S'il avait attendu ne serait-ce que cinq minutes, j'aurais pu poser mon raisonnement en paix et il aurait été informé de la menace pesant sur lui ! Mais non ! Bien sûr que non ! Môssieur n'a pas besoin de Miss Marple ! Môssieur se gausse de l'aide d'une petite sorcière ! Eh bien, Môssieur je-suis-trop-beau-pour-être-vrai[130], il va falloir réviser votre ego à la baisse ! Bon, Chloé, concentre-toi, tu n'affrontes plus ta belle-famille satanique, tu es confrontée à tes premiers vrais criminels endurcis... et tu es le seul espoir de plusieurs

---

[130] Je l'ai appelé « Môssieur je-suis-trop-beau-pour-être-vrai » ? Vous êtes sûrs ? Non, mais ne faites pas attention, c'est juste dans ma tête...

personnes, alors focus !!!

Amusant comme la perspective de devoir retrouver des prisonniers, sauver son coéquipier, tout en évitant à toute force les méchants de l'histoire a la capacité de vous obliger à vous concentrer sur l'importance du « ici et maintenant ». C'est une sorte de super méditation, mais de laquelle vous ressortiriez encore plus stressée qu'auparavant[131]... J'ai bouclé la boucle et je me retrouve peu ou prou à mon point de départ... Où ont-ils mis leurs camions ? À moins que... Deux possibilités : soit ils ont terminé, soit ils ont trouvé un moyen d'entrer au moins un camion dans les sous-sols... Pourtant, cette seconde hypothèse me semble tirée par les cheveux. Pour avoir arpenté le sous-sol hier, je n'ai rien vu d'assez grand pour permettre à un camion d'entrer... De plus, d'après ce que j'ai vu, il y a de quoi remplir au moins deux camions... Que puis-je en déduire ? Que j'ai affaire au gang de voleurs le plus nul de la voie lactée ? Trop facile. Que les camions ne sont toujours pas arrivés ? Fichtre, ce serait le pompon, encore plus de méchants qui débarquent... Essayons la pensée positive[132]. Les ont-ils garés plus loin ? Ce serait ridicule, les déménageurs ne garent jamais leurs camions à distance quand ils peuvent faire autrement[133]... Donc, j'ai encore gagné le gros lot et je vais voir arriver d'ici peu plusieurs équipes de criminels pour parfaire le déménagement et cette soirée de toute beauté. Il faut

---

[131] Un nouveau week-end à thème pour Monsieur Williams : la méditation angoissante... Pas sûre que cela rencontre un grand succès...

[132] Ça ne coûte rien d'essayer !

[133] Ça ne marche pas la pensée positive... Du moins pas en quelques secondes...

que je me bouge et que je retrouve Môssieur casse-pieds dans les plus brefs délais... Puisque je n'ai rien vu à l'extérieur, il va bien falloir que j'explore l'intérieur... Pfff, pourquoi moi ?

🕷 ☠ 🕸 🗡

Nul besoin de vous dire que j'avance sur la pointe des pieds ! Je n'ai jamais été aussi discrète de toute ma vie ! J'ai abandonné ma pelle toute seule dans les bois, pour me munir de la matraque que Marc m'a donnée. C'est tout de même plus discret... Même si je regrette ma pelle... Je sais, il va falloir que je m'occupe de ce problème de pelle mais, franchement, vous me voyez arriver chez le psy-chiatre-chologue-chanalyste (choisissez l'option que vous préférez) et lui dire : « Madame, Monsieur, j'ai un problème d'addiction aux pelles ! ». Je suis bonne pour la camisole de force ! Bref, j'ai abandonné mon amie la pelle et je me promène maintenant avec ma copine la matraque[134]. J'ai jeté un coup d'œil au rez-de-chaussée, mais j'ai bien peur que le gros de la fête ne se passe dans les sous-sols... Le problème est qu'à ma connaissance, il n'y a que deux escaliers qui descendent dans ces lieux maudits. Comme je n'ai pas envie de me faire tabasser en bas de l'un des deux, je cherche un autre accès, ce qui n'est pas une promenade de santé, croyez-moi ! Cela fait un bon quart d'heure que je sillonne le rez-de-chaussée de long, en large et en travers et, pour le moment, rien... C'est désespérant ! Tous mes sens sont aux aguets dans l'espoir d'entendre quelqu'un remonter par un accès inconnu et... Punaise ! J'entends quelqu'un... Je me

---

[134] C'est grave, Docteur ?

précipite derrière une lourde tenture en velours cramoisi et j'arrête de respirer (déjà parce que c'est plein de poussières et qu'éternuer au passage des méchants ne serait pas du meilleur effet ; ensuite, pour ne pas être repérée par les mêmes qui m'entendraient respirer comme un bœuf stressé...). Le problème, c'est que derrière ma tenture, je ne vois rien... Zut, encore un mauvais point pour Chloé... Pfff, c'est pénible l'espionnage ! Bon, faut que je fasse tout à l'oreille[135]... D'accord, j'ai entendu un déclic, un léger grincement, quelqu'un qui râlait de façon un peu étouffée, le pas est léger et je ne serais pas surprise que ce soit une femme... La question est : la secrétaire-démone ou la goule-cuisinière ? Si je ne jette pas un coup d'œil discret, je ne saurai pas et... elle a déjà disparu ?

— Sortez de là et pas un geste !

Un bon point, j'ai ma réponse. Un mauvais point, j'ai été repérée... Je referme ma matraque télescopique et je sors de ma cachette.

— Bonsoir, Madame la goule.

C'est bien la femme du salon... Punaise de menteuse de fausse jetonne de manipulatrice au gâteau au chocolat !

— Depuis le temps qu'on vous cherche ! gronde-t-elle. On peut dire que vous nous avez donné du fil à retordre !

Je l'observe. Sans son maquillage, c'est une petite bonne femme tout ce qu'il y a de plus normale mais, petit détail déplaisant, elle braque un pistolet sur moi[136]...

— C'est dommage, vous faisiez de bons gâteaux...

---

[135] Ou au troisième œil, au choix... Bon, je vais le faire à l'oreille...

[136] Franchement, il y a des coups de pelle qui se perdent !

J'appuie sur le bouton de la matraque, qui se déplie, dans ma main droite. Je repousse de ma main gauche le bras armé et je frappe de toutes mes forces l'horrible mégère en plein crâne. J'entends un bruit déplaisant, le sang gicle et elle s'effondre... Punaise, c'est efficace ces matraques[137] ! Beuurkkk ! Je vais vomir... Respire, Chloé, ce n'est pas le moment de mollir, tu dois camoufler ton forfait... Je tire la goule derrière le rideau. Je pense que je l'ai assommée pour de bon, donc pas besoin de la ligoter... De toute façon, il n'y a pas grand-chose pour lui lier les mains... Je m'empare de son arme et j'ai l'impression désagréable de passer de l'autre côté de la loi... Chloé la gangster... Ça ne sonne pas bien... Après ce genre d'expérience, allez donner des leçons à vos enfants... Non, Philippe, on ne frappe pas ses petits camarades (comme maman). Non, Clotilde, on ne menace pas ses petites camarades (comme maman)... Pfff, en plus, je ne sais même pas m'en servir... Je le glisse dans ma ceinture, en espérant ne pas me tirer dans les fesses, et je me mets à la recherche du passage de la goule...

Trouvé ! La porte était cachée derrière une tenture, je descends sans un bruit, j'arrive même à contrôler ma respiration ! M serait fièr(e) de moi[138] ! Je me colle au mur et j'observe les environs. Rien. Maintenant, Chloé, le grand jeu est de retrouver les prisonniers (alors que tu ignores où tu es), de les libérer (sans savoir comment forcer une serrure) et de tous sortir sains et saufs (sans l'appui du GIGN ou du RAID)... Elle est nulle cette mission !

---

[137] Était-ce bien raisonnable de frapper de toutes mes forces ? James Bond et ses conseils... Je n'ai pas le permis de tuer, moi !

[138] La ou le supérieur(e) de James Bond !

Les plans de survie de Chloé[139]

Nouvelle version : Halloween en milieu très très très hostile

Plan A : Silence et observation **(ok)**.

Plan B : Focus et concentration **(primordial)**.

Plan C : Éducation et savoir-vivre (ne pas voler le lit d'autrui…). **(on s'en fout)**.

Plan D : Éducation et savoir-vivre (ne pas faire pipi dans sa culotte quand on trouve un macchabée qui pue ou qu'on est étranglé par une brute…) **(Je ne promets rien)**.

Plan E : Bien choisir son Watson ! **(ou son James ! Éviter qu'il ne disparaisse à la première occasion !)**

Plan F : Survivre… **(ce sera déjà pas mal)**.

Chapitre 20

J'aime qu'un plan se déroule sans accrocs... ou presque...

Super Chloé en action... Oui, ça me donne du courage de m'appeler « Super Chloé »[140] ! Je crois que j'ai retrouvé mon chemin dans le labyrinthe du sous-sol - comme quoi, c'est important de ne jamais obéir aux ordres dans la vie[141] - mais je ne suis pas seule à errer dans les environs... J'ai déjà croisé deux ou trois hommes de main peu sympathiques, dont celui qui m'a étranglée[142]... Je me dirige petit à petit vers les cachots où j'espère retrouver ma troupe et les clients. Pour le moment, pas de signe de vie de Marc. J'ai tendu l'oreille pour saisir les conversations, mais ils ne parlaient pas d'intrus, ce qui me donne bon espoir que ce casse-pieds soit encore libre de ses mouvements... En revanche, j'ai entendu de gros moteurs s'approcher ce qui signifie que les

---

[140] J'ai aussi « Wonder Chloé » si vous préférez...

[141] Si je n'avais pas exploré les sous-sols hier soir, je serais perdue !

[142] Pour le coup, j'ai failli faire pipi dans ma culotte... C'est une règle sociale vraiment difficile à respecter en ce moment...

renforts ennemis sont là... Il faut que je trouve un moyen d'évacuer tous les prisonniers en vitesse... Enfin, je vois les cellules se profiler, j'accélère le pas et je plonge dans l'obscurité du couloir... Première cellule, personne... Deuxième cellule, rien... Punaise, ne me dites pas que les autres se sont échappés et que je suis la seule truffe à rôder dans les sous-sols... Troisième et quatrième cellules, vides !!! Oh ! Mon ! Dieu ! C'est officiel, je suis la plus grosse truffe de l'univers !!! Personne de personne de personne... Je glisse un œil dans la dernière cellule... et... Il y a quoi au-dessus de plus grosse truffe de l'univers ? Du multivers[143] ?

— Monsieur Williams ? murmuré-je.

Le pauvre homme sursaute et se rapproche en écarquillant les yeux.

— Mais qu'est-ce que vous faites là ? continué-je.

Mer... credi ! Il n'était pas supposé être le grand méchant ? Mais qu'est-ce qu'il fait là enfermé à double tour ?

— Ils sont en train de piller le château ! se plaint-il. Il faut les arrêter !

— Il faut déjà vous libérer ! Est-ce qu'il y aurait un jeu de clés caché quelque part ?

Le loup-garou dépenaillé réfléchit.

— Juste derrière vous, ils ont jeté les clés dans la cellule d'en face...

Pfff, on n'y voit goutte ! Je me mets à fouiller les ténèbres du regard, mais je ne vois rien. J'entre dans la

---

[143] Au stade où j'en suis, je ne peux plus évaluer mon classement de plus grosse truffe par rapport au seul univers. Il faut au moins que je prenne en compte le multivers qui est l'ensemble des univers présents concurremment dans le cadre d'une même théorie cosmologique. Toutes ces Chloé, dans plein d'univers parallèles, et c'est moi la plus grosse truffe !

cellule. Brrr, cette seule perspective me glace le sang. Un cliquetis. Je me retourne d'un bloc et me jette en avant. La porte se referme, mais je l'attrape et tire de toutes mes forces. Cette saloperie de loup-garou ! C'est bien lui le grand méchant, mais je ne vais pas me laisser embastiller aussi facilement ! Dire que je me suis inquiétée pour lui ! Quelle honte !

— Lâchez cette porte, espèce de harpie !

— Lâchez cette porte, vous-même, espèce de vieux débris !

Je suis furieuse. Je cale un pied contre le mur et, dans un effort violent, je tire de tout mon poids et je pousse de toute la force de ma jambe pour arracher la porte à la poigne du vieux loup-garou. Il trébuche et s'étale, je sors comme une furie vengeresse et j'abats ma matraque sur le crâne de cet odieux personnage. Même traitement que la goule ! J'en ai soupé des monstres ce soir ! Halloween ou pas, point trop n'en faut ! Je me sens une âme de Van Helsing et ça va saigner ! Je pousse le corps inerte dans la cellule que le loup-garou me réservait et je verrouille la porte. Fort obligeamment, notre hôte pour le week-end vient de me confier son jeu de clés ! Merci saleté, je vais en faire bon usage !

Je suis hors de moi ! D'abord, je n'ai trouvé personne, ce qui signifie que la troupe n'a pas du tout été capturée, mais a fui en avant en m'abandonnant à mon sort ! Merci les copains, je m'en souviendrai ! Ensuite, je dispose d'un magnifique jeu de clés et je vais me faire un plaisir de verrouiller toutes les portes, que je vais rencontrer, pour enfermer tous ces charmants personnages dans les sous-sols, qu'ils affectionnent tant, en attendant que la police, la gendarmerie, le RAID, le GIGN, Zorro ou Superman ne viennent les prendre en charge ! Super Chloé en a ras-le-bol, Super Chloé tire sa révérence ! J'ai verrouillé la cellule du loup-garou, puis le couloir des cellules, puis j'ai fermé à clé la porte du premier escalier et j'ai mis la grosse planche renforcée de fer derrière, avant de me diriger vers la deuxième porte pour la verrouiller à son tour. Je suis tellement furieuse que je me crois capable de tabasser le premier qui surgirait sans crier gare et qui aurait l'heur de me déplaire ! Reste l'escalier dérobé qui débouche non loin de la goule assommée. D'ailleurs, je vais l'enfermer dans sa cuisine celle-là !

Aussitôt dit, aussitôt fait. Je retrouve la goule toujours avachie derrière son rideau. J'ai bien fait de m'en préoccuper, elle commence à bouger ! Je la tire vers la cuisine (Pfff, elle est lourde !) et je verrouille le tout ! Maintenant, la dernière porte et je prends la poudre d'escampette ! Au moment où j'arrive, le rideau derrière lequel la porte est dissimulée bouge... Ça m'aurait étonnée ! Je fonce dans le tas ! Ras-le-bol ! Je tire le rideau d'un coup sec, découvre un inconnu et lui colle un grand coup de pied dans l'estomac, qui a l'effet merveilleux de lui faire dévaler l'escalier en sens inverse et en roulé-boulé ! Je claque la porte et la verrouille. Marre ! J'entends du bruit de l'autre côté, quelqu'un remonte... Super Chloé fait une super accélération pour partir vite et loin !

Au bout du couloir, je m'arrête... C'est quoi cette odeur ? Punaise ! De l'essence ! Ils s'apprêtent à mettre le feu au château, ces barbares ! Mais où l'ont-ils versée ? Réfléchis Chloé... La réponse me vient à l'esprit comme une évidence : la bibliothèque... S'ils veulent faire croire, du moins pendant un temps que Monsieur Williams est mort, il faut qu'ils endommagent autant que possible le corps, qu'ils récupèrent la tête et... qu'ils suppriment les témoins. Bravo Chloé, tu viens de passer en tête des cibles de cette bande ! Et toi, tu es là, à te promener comme si de rien n'était. Même si tu sais quel est leur objectif, qu'est-ce que tu peux faire de plus ? Jouer les Super Chloé, comme d'habitude[144] ! Je fonce vers la bibliothèque et constate que la porte est ouverte. Ça empeste l'essence ! Pouah ! Je jette un coup d'œil à l'intérieur et je manque avoir un arrêt cardiaque... Merde ! La bonne nouvelle, c'est que j'avais raison ; la mauvaise, c'est qu'il n'y aura pas qu'un corps à flamber... Punaise de James Bond de pacotille ! Il est ligoté et assommé à côté du cadavre sans tête, avec deux brutes qui jettent de l'essence partout... D'accord, réfléchis Chloé. Ils sont deux, ce n'est pas infaisable...

Je me faufile à l'intérieur. Ils me tournent le dos, certains que rien de fâcheux ne peut leur arriver, je referme et verrouille la porte.

— Toi ! Qu'est-ce que tu fous ?

Je me retourne, range les clés dans la poche de mon manteau et... laisse tomber le manteau à terre, il va me gêner... J'ai le revolver, mais je ne sais pas m'en servir. En revanche, j'ai une matraque télescopique et mes années de Krav Maga pour moi. Il faut que je sois efficace. C'est bien, ils n'ont pas peur de moi et se séparent. L'un continue à répandre l'essence, l'autre se dirige vers moi en vitupérant.

— T'es tarée ! Donne-moi les clés !

Il fonce tête baissée. Je l'esquive et frappe de toutes mes forces avec la matraque. Il a un mouvement de côté, mais reçoit le coup en pleine clavicule... Il

---

144 Je sais, je ne peux pas m'en empêcher...

braille... Du coin de l'œil, je vois l'autre se retourner. Faut que tu finisses en un coup, Chloé.

— Salope, tu m'as broyé l'ép...

Coup de pied estomac, se plie, attrape ma jambe, tente de me renverser, coup de matraque nuque, matraque crâne, tombe. Un de moins.

Je me retourne. Merde. L'autre me fonce dessus, trop tard. Je le prends de plein fouet. Il m'écrase contre la bibliothèque. Aïe ! Ma tête heurte le bois et je prends des livres sur le sommet du crâne en prime... Merci pour ce bonus, petit Jésus ! Secoue-toi Chloé, tu ne peux pas tomber dans les pommes. Il n'y a pas que toi... Marc... L'autre fonce de nouveau. Main angle droit par rapport au bras, frappe de toutes tes forces dans le nez. Maintenant. Bruit écœurant, hurlement. L'autre saisit son visage à deux mains, je m'esquive. Je fonce vers Marc, il est réveillé, yeux ouverts. Je m'agenouille, récupère le couteau toujours lié à ma cuisse, coupe ses liens. Il se lève d'un bond et fonce contre l'autre. C'est comme un film. J'ai la tête qui tourne. J'ai mal au dos, à la tête... Oh ! Mon ! Dieu ! Je sens que je m'écroule... Je ne peux pas m'évanouir... Pas maint...

— Chloé !

Qu'est-ce que c'est ? Oh, non, pitié, j'ai une gueule de bois monstrueuse, arrêtez de me secouer ! J'ouvre les yeux. Des yeux bleus inquiets en face de moi... Coucou les yeux bleus... C'est qui ? Punaise, je suis où ? Ouh, ça me revient, l'odeur d'essence, beurkkk ! Bibliothèque, essence, corps sans tête, deux méchants KO, je peux vomir ?

— Vous avez pris un sacré coup sur la tête, Chloé ! Venez, je vais vous sortir de là...

Je tâte dans mon dos et lui tends le pistolet. Il roule

de gros yeux ébahis.

— Pourquoi vous ne l'avez pas utilisé ?

— Je ne sais pas m'en servir... C'est comme ça Watson, parfois on a un coéquipier nul...

Il me caresse la joue et me sourit. Il faut qu'il arrête ça, c'est mal ! Je vais m'y habituer et, après, je n'aurais plus personne pour me caresser les joues... Il se détourne et son regard change en un instant. Concentré, dur, déterminé, il vérifie l'arme, la manipule, claquement, et la glisse dans sa ceinture. Je vois une traînée de sang derrière son oreille. Je ne suis pas la seule à avoir passé un mauvais quart d'heure cette nuit... Bon, Chloé, tu ne peux pas rester vautrée par terre à patauger dans le sang d'autrui et l'essence... Je crois que je vais vomir sur la scène de crime... De toute façon, celle-là ne risque plus rien. Je vomis tripes et boyaux... Marc me saisit les cheveux pour que je ne me salisse pas davantage... C'est gentil...

— Merde, j'espère que vous n'avez pas une commotion... Faut qu'on vous passe un scanner... Mais qu'est-ce qu'ils foutent !

Ça va mieux... Elle est tellement pourrie cette scène de crime, on ne voit même pas la différence... Je me redresse et je tangue... Pfff, c'est nul... Marc passe son bras autour de ma taille. Ça, c'est bien... J'ai l'impression d'être saoule, alors que je n'ai pas bu.

— Allez Chloé, on décroche...

On décroche quoi ? Comprends rien... Il m'entraîne et ouvre la porte, quand des hurlements fusent de tous côtés. J'entends vaguement des « gendarmerie nationale », « état d'arrestation »... Tiens, les renforts sont arrivés... Deux silhouettes en armes apparaissent. Pfff, je suis fatiguée... Marc parlemente avec eux... Il ne veut pas me lâcher... C'est gentil, mais je suis une grande fille, je peux tenir debout toute seule… Ou pas… Suis allongée, maintenant ? Depuis quand ? Tiens un pompier… Bonjour pompier ! Mais ! Enlève ta lumière de mes yeux ! C'est désagréable ! Il est où, Marc ? Je suis couchée et secouée dans tous les sens… Je vais revomir les garçons, si vous continuez ! Vous ne vous rendez pas compte… Je suis où là ? Oh ! Luc ! Mon petit satyre est là ! Pourquoi tu as l'air tout inquiet ?

— Ça va aller, ma biquette, on te rejoint à l'hôpital.

Serge… Hôpital ? Pourquoi ? J'ai sommeil et ils m'embêtent à me secouer… Dodo…

Ce qui devait arriver arriva

Dimanche 1ᵉʳ novembre, Toussaint... Il faut au moins qu'ils prient tous pour moi – Temps Pfff. Ambiance Pfff (en même temps, j'ai la tête comme un pot, donc c'est subjectif !).

Punaise, j'ai mal à la tête... Je me sens faible et vaseuse... Quelle horreur... Serge et Luc sont passés en fin de matinée me faire un coucou, puis une gendarme est venue prendre ma déposition... Au début, je l'ai regardée avec des yeux ronds et elle a cru que je n'avais plus toute ma tête. J'ai une commotion cérébrale, c'est grave, mais ça va passer... Puis, j'ai répondu à ses questions et elle a eu l'air satisfaite. Elle m'a précisé que nous nous reverrions dans le cadre de l'enquête et m'a souhaité un prompt rétablissement. C'est gentil... En fait, ils sont gentils et courtois les gendarmes... Étrangement, depuis quelque temps, je suis amenée à les côtoyer, mais je les trouve charmants. Plus charmant que mon époux qui n'a pas trouvé le temps de me rendre visite... Quand je l'ai eu au téléphone, Serge et Luc étaient là... Au bout d'un moment, Serge a pris le téléphone et a hurlé sur

Pierre-Marie pour lui signifier en termes choisis ce qu'il pensait d'un époux qui laisse sa femme se débrouiller à l'hôpital pendant qu'il part au golf... Il y a quelque temps, j'aurais été horrifiée mais, en vérité, que dire... Si le mari d'une de mes copines s'était permis de râler sur elle parce qu'elle lui pourrissait son week-end au golf avec son hospitalisation, je l'aurais traité de tous les noms d'oiseaux... Bref, je crois qu'il va falloir que je trouve un avocat ou une avocate pour me défendre... Je n'ai plus envie de rester mariée avec lui... Je vais rendre au marché matrimonial un gendre parfait avec toutes les options, caractère de merde inclus ! C'est cadeau, ça me fait plaisir !

La porte s'ouvre... Pfff, encore quelqu'un qui va pouvoir admirer ma chemise de nuit en papier transparent[145]... Ohhhh, un énorme bouquet de roses blanches et jaunes, trop chou Pierre-Marie, tu remontes dans mon estime et...
— Marc ?
La mâchoire m'en tombe... Marc en jean, chemise blanche et blouson en cuir[146] entre dans la chambre, chargé d'un bouquet et du sac de voyage que je prends toujours avec moi en tournée.
— Bonjour Chloé, dit-il avec un doux sourire.

---

[145] Puisque Pierre-Marie était absent ce week-end, ce qu'il s'était bien gardé de me dire, et que Cyrielle n'a pas pu entrer dans la maison pour prendre mes affaires, je me retrouve à recevoir tout le monde dans une chemise de nuit fournie par l'hôpital... Et bien sûr, je n'ai pas de vêtements propres... Serge m'a promis de m'apporter les affaires restées dans le van cette après-midi et il me raccompagnera à la maison demain soir... Tant mieux parce que je me voyais mal rentrer chez moi dans ma robe de sorcière déchirée qui sent le vomi...

[146] Ne faites pas attention si je bave, c'est la commotion.

Comment allez-vous ?

Il jette un coup d'œil à ma chemise de nuit toute pourrie en papier et a les sourcils qui se haussent.

— Je comprends pourquoi Serge m'a demandé de passer chercher votre sac de tournée... Il espère avoir regroupé toutes vos affaires...

Il dépose le sac au pied de mon lit, puis pose le bouquet sur ma table de nuit. Chouette, le bouquet a un vase intégré... C'est beau ! J'ai toujours aimé le jaune, c'est joyeux et lumineux !

Il s'assied et je l'observe comme une truffe[147]...

— Vous avez perdu l'usage de la parole ? ricane-t-il.

Je hausse les épaules.

— Non, désolée... Quand j'ai vu les fleurs, j'ai pensé que c'était Pierre-Marie... Merci pour le bouquet, il est magnifique...

Je le regarde de nouveau... C'est vrai qu'il est magnifique... Ça fait longtemps que Pierre-Marie ne s'est pas donné la peine de m'offrir des fleurs... La dernière fois, c'était pour la naissance de Clotilde... Il y a cinq ans...

— Comment vous sentez-vous, Chloé ?

Je reporte mon attention sur Marc.

— Ça va mieux... J'ai pris un sacré coup sur la tête, mais j'ai la tête dure !

— Je suis désolé.

— Hé, Watson, ce n'est pas vous qui m'avez tapé sur le crâne ! Au contraire, sans vous, je crois bien que j'aurais brûlé dans un superbe incendie criminel... Merci pour votre aide, Marc...

Marc serre les mâchoires et me fusille du regard. Ce

---

[147] Vous vous souvenez ? La plus grosse truffe du multivers, c'est bien moi !

n'est certes pas la réaction que j'attendais... Il est en colère contre moi ? Pfff, les hommes sont dingues... Tiens, en parlant de dingues...

La porte s'ouvre avec fracas. Pierre-Marie et... Caro ? déboulent dans la chambre comme des fous. Marc est debout, prêt à en découdre... Pfff, faut te détendre James, il n'y a pas que des tueurs autour de nous... Pierre-Marie a un mouvement de recul en voyant Marc.

— Qu'est-ce que vous faites ici ? cingle mon mari pas gentil.

Pfff, le médecin a dit que je devais me reposer au calme... Ça commence bien...

— Marc est un ami qui me rend visite, interviens-je.

Je jette un coup d'œil aux deux nouveaux venus et la vérité me frappe de plein fouet. Je ne sais pas si c'est le coup reçu sur la tête, mais j'ai les idées beaucoup plus claires maintenant. Pierre-Marie et Caroline, ma meilleure amie, partent donc en week-end au golf pendant que je travaille et me fais tabasser par des trafiquants d'art[148]...

— Je vois que quand tu me parlais des coucheries de Pierre-Marie, tu tenais tes renseignements de première main, Caro...

C'est sorti, brut, comme ça... Le médecin m'a prévenue que, pendant quelque temps, la commotion modifierait peut-être ma façon d'être et de penser. Je confirme, Docteur, ça fait beaucoup de bien une petite commotion ! Ça vous remet les idées et la langue en place !

Pierre-Marie s'étouffe de rage. Caro a au moins l'honnêteté de paraître ennuyée.

---

[148] D'accord, j'en ai tabassé certains, mais vous comprenez l'idée...

— Je voulais te le dire... commence-t-elle, mais Pierre-Marie lui intime l'ordre de se taire d'un geste impérieux.

— Ne sois pas ridicule, Chloé ! braille-t-il.

— Je me demande bien lequel de nous deux est le plus ridicule, celui qui arrive après tout le monde en compagnie de sa maîtresse ou celle qui s'est battue pour défendre des gens...

— Toi et ton Krav Maga... grince-t-il.

J'observe Pierre-Marie en silence. Bouffi de morgue, méchant, vindicatif, il a été rattrapé par la génétique : un vrai Martin du Desclin...

— Je veux divorcer.

Punaise, c'est bien ces commotions, on dit nos quatre vérités sans sourciller, droit dans ses bottes...

Il se redresse, touché dans son orgueil.

— Si tu crois que je vais me laisser faire ! s'emporte-t-il. Tu es ici avec ton amant et tu me donnes des leçons...

Marc s'interpose entre moi et mon futur ex-époux qui se rapproche.

— Monsieur, je ne suis pas l'amant de votre épouse et je vais être obligé de vous demander de vous calmer avant de reprendre cette conversation. Chloé a une commotion cérébrale et doit se reposer au calme.

Il est bien ce Marc.

Pierre-Marie prend sa tête de coq mal embouché. Habitué à s'imposer aux autres par sa haute taille et son physique d'athlète, il monte sur ses ergots et tente d'impressionner James...

— Pierre-Marie, si j'étais toi, je serais poli avec le Monsieur... Sinon j'ai bien peur que tu ne te fasses botter les fesses par un ancien gendarme d'élite. Après, tu fais comme tu veux... Si tu veux expérimenter, c'est ton choix...

Marc ricane et secoue la tête un sourire aux lèvres. Je crois voir un « petite sorcière » apparaître sur ses lèvres.

Pierre-Marie verdit, tourne les talons et s'en va en claquant la porte.

Caroline ne sait pas quoi faire... Elle reste plantée là à se dandiner d'un pied sur l'autre...

— Tu veux vraiment divorcer ? finit-elle par me demander.

— Oui, soufflé-je, le plus tôt sera le mieux et si nous pouvions divorcer d'un commun accord, ce serait parfait...

Elle hoche la tête, soulagée... Bon courage, ma grande, tu en auras besoin. Elle sort à son tour.

Je me renfonce dans mon pauvre coussin. Ils m'ont fatiguée, ces idiots... Marc m'observe.

— Comment avez-vous su pour le GIGN ?

Il me fait rire. J'étais peut-être à moitié assommée, mais je les ai reconnus les *men in black* armés jusqu'aux dents...

— J'ai donc sauvé les fesses d'un ancien du GIGN, ris-je. J'aurais vraiment tout fait dans ma vie...

— Vous parlez toujours aussi librement ou c'est la commotion ? plaisante-t-il.

— Un peu des deux... D'habitude, je suis très libre dans ma tête, mais je tiens à peu près ma langue...

— D'accord, Chloé... Par contre si vous pouviez garder mon passé secret, ça m'arrangerait beaucoup...

— Pas de souci...

Il se rassied et étend ses jambes devant lui.

— Dormez, Chloé. Je vais rester un peu avec vous.

— Pourquoi ?

— Parce que je n'ai pas aimé le regard de votre

mari...

Il tend la main et saisit mon téléphone. Il pianote quelques instants.

— J'ai rentré mon numéro de téléphone personnel à AAA Marc. C'est le premier de votre répertoire de contacts. Au moindre problème, avec qui que ce soit, vous m'appelez jour et nuit. Compris ?

Je hoche la tête. Aïe... Il a raison, je vais dormir un petit peu... Après tout, ce n'est pas tous les jours que James Bond veille sur vos rêves.

Chapitre 22.

Miss Marple en mini-jupe !

Lundi 15 novembre – Temps pourri. Ambiance à préciser...

Je me sens bête devant cette porte... Son agence est à une vingtaine de minutes de la maison... Un coup du destin ? Une coïncidence ? Nous nous sommes rencontrés à deux heures de route de chez nous pour nous retrouver quasi-voisins. J'ai beaucoup réfléchi avant de venir mais, comme dit Serge, « quand on veut quelque chose, biquette, faut pas reculer ! »... Ça avait l'air plus convaincant quand j'étais bien à l'abri dans les coulisses du théâtre... Maintenant, je me tiens devant la porte de son agence de détectives privés et j'attends que le destin me pousse aux fesses pour entrer.

— Chloé ?

Ah, le destin a décidé que j'étais trop nouille, donc il prend les devants... Je me retourne et ouah... Marc en combinaison de motard... Pfff, tout pour épater les minettes[149]... Je me concentre, je suis une adulte, en

---

[149] Comment ça, tu te conduis en midinette, donc c'est raccord !

instance de divorce avec deux choupis à charge...

— Bonjour Marc, comment allez-vous ?

— Très bien, Chloé, et vous ?

— Ça va, j'ai la tête dure !

Il sourit.

— J'ai vu ça...

Il ouvre la porte et me cède le passage. Nous débouchons sur une salle d'attente qui donne sur deux bureaux et un secrétariat... Logique, l'agence s'appelle « Norton & Villard »... Marc Norton ou Marc Villard ? Je ne sais même pas son nom... Il me guide vers le bureau du fond. Il y a une grande fenêtre qui donne sur le jardin, c'est joli... Étrange aussi, je n'avais pas imaginé une agence de détectives privés lumineuse et propre... Sûrement l'influence des films noirs et d'Humphrey Bogart...

— Asseyez-vous, Chloé, dit-il en s'installant derrière le bureau. Que puis-je faire pour vous ?

Je m'assieds et j'hésite... C'est surréaliste d'être ici... Marc est en face de moi, en chemise blanche, cravate et gilet bleu. Je souris un peu peinée... Je croyais que je lui plaisais, mais je n'ai eu aucune nouvelle de lui depuis quinze jours... Allez, Chloé, pose ta question et va-t'en, James Bond n'est pas pour toi !

— Quand je vous ai montré la photo de nous quatre, vous avez reculé d'un coup... Vous avez cherché à retrouver mes traits dans ceux de la femme très maquillée que j'étais alors... Vous connaissiez mon visage...

Il soupire, serrant ses doigts pour les faire craquer.

— Votre mari nous a engagés il y a quelques mois, explique-t-il. C'est mon associé qui a enquêté sur vous... C'est pour cela que je ne vous ai pas reconnue tout de suite...

Je hoche la tête. C'est bien ce que j'avais imaginé... Mer... credi, Pierre-Marie prépare son coup depuis longtemps et il m'a même collé des détectives privés sur le dos...

— Qu'est-ce que vous avez trouvé contre moi ? baffouillé-je.

Merde, ma voix s'est brisée. Je voulais être plus forte que ça !

— Rien, dit Marc en souriant. Vous êtes une femme honnête, il ne peut rien contre vous...

— Mais il me menace avec ce rapport...

— Votre mari est un connard qui ne vous mérite pas !

Marc se lève d'un bond et me tourne le dos pour observer le jardin.

— Pardon, Chloé, je n'aurais pas dû dire cela...

— Non, c'est un connard... Je n'ai jamais voulu le croire, pourtant beaucoup de gens me l'ont dit avant vous...

— C'est ce que m'a dit Serge...

C'est le pompon ! Donc je n'ai pas de nouvelles de Môssieur Marc depuis quinze jours, par contre il papote de moi dans mon dos avec mes copains !

Il se rassied en face de moi.

— Je me suis renseigné sur vous, avoue-t-il.

Je fais une moue peu amène... Il est gonflé !

— Et alors ? boudé-je.

— Mis à part votre goût abject pour choisir votre mari, vous êtes parfaite.

— Eh bien, vous n'êtes pas très difficile !

Oui, le cri du cœur, je n'y peux rien, c'est sorti sans filtre... Au moins, ça le fait rire.

— Si, mais vous faites beaucoup d'efforts. Donc 43 ans, mariée, en instance de divorce, deux enfants

- Philippe et Clotilde -, un chien prénommé « Patouffe », membre fondatrice de la troupe de théâtre « Shakespeare en pire », adepte du Krav Maga, sexy sur scène, naturelle à la ville, fidèle en amitié et en amour, drôle, cultivée, intelligente et courageuse, un rien indisciplinée, et douée pour les énigmes...

Les yeux de Marc brillent un peu... Gloups... Plan B, Chloé : Focus et concentration.

— Et si nous confrontions nos points de vue sur ce qu'il s'est passé ce fameux week-end... proposé-je.

— C'est un défi ?

— Heuuu... Pourquoi pas ?

Je me demande si un piège à mammouths ne vient pas de se refermer sur moi...

— D'accord, qu'est-ce qu'on gagne ? s'intéresse-t-il avec un sourire canaille.

J'éclate de rire. Au moins, il ne perd pas le nord... Ou il est sûr de gagner ? Alors là, James, tu te mets le doigt dans l'œil jusqu'au coude !

— Le perdant invite l'autre à dîner !

— Marché conclu, Chloé ! Je vous écoute ?

— Pourquoi ce serait à moi de commencer ? protesté-je.

— Je suis d'accord avec la dame, tranche une voix inconnue.

Je me retourne et vois un homme, brun, trapu, sympathique, qui ne m'est pas inconnu... Comme si je l'avais rencontré... Punaise, l'autre détective qui a fait le rapport sur moi ! Grrr !

— Paul Villard, l'associé de cet odieux personnage, Miss Marple ! dit-il en avançant la main tendue devant lui.

Je lui serre la main, il a un sourire éclatant, très gentil.

— Miss Marple ? répété-je un peu déconfite[150].

Marc se renfrogne et Paul éclate de rire.

— Pour reprendre ses paroles, c'est « Miss Marple en mini-jupe ».

Je fusille du regard Marc, Norton donc, qui foudroie du sien Paul, qui rit.

— Je vous écoute, Miss Marple, et je jugerai du gagnant en toute impartialité...

Marc bougonne entre ses dents serrées... Bien, d'après ce que je vois, Paul serait plutôt dans mon camp...

— Très bien, je commence, annoncé-je. C'est une affaire complexe, mais intéressante... Il y a quelques années, Monsieur Henry Williams a épousé une femme de la bonne société, qui lui a permis d'accéder à un certain milieu social. Fort de l'entregent de son épouse, il achète un château en Dordogne, qu'il transforme en relais-château. Les affaires sont florissantes jusqu'à ce que l'infidélité de Monsieur Williams ne le rattrape et qu'il soit surpris par son épouse en pleine action. Elle demande le divorce et l'obtient... Lors du partage des biens, Monsieur Williams tient à conserver le château. Pourquoi ? Officiellement, parce qu'il souhaite poursuivre son activité de relais-château, officieusement, parce qu'il a mis en place un trafic d'œuvres d'art très lucratif qu'il ne veut pas interrompre. Il aurait pu poursuivre son activité criminelle ailleurs, me direz-vous, mais Monsieur Williams a une bonne raison pour rester en Dordogne. C'est un département où il y a un très grand nombre de châteaux, d'églises, de domaines et de demeures

---

[150] Vous m'accorderez que, question *sex appeal*, on peut trouver mieux que Miss Marple, tout de même !

bourgeoises... Donc un réservoir très intéressant pour son trafic. La grande habileté de Monsieur Williams est qu'il ne se contente pas de voler un bien en laissant un trou. Il remplace aussitôt le bien volé par son exacte copie, ce qui lui permet au mieux de passer inaperçu, au pire de décaler dans le temps l'enquête, ce qui raréfie les chances d'élucidation des vols.

Je m'arrête quelques instants pour réfléchir. Marc et Paul en profitent pour échanger un regard, ils ont l'air surpris ! Pfff, peut-être que Miss Marple a une mini-jupe, mais c'est tout de même Miss Marple... En plus, aujourd'hui, je suis en jean... avec un joli chemisier à fleurs... Bref, reprenons :

— Donc, au moment du partage, l'ex-Madame Williams se voit attribuer de nombreux meubles, voire la quasi-totalité des meubles précieux, en compensation de sa part du château, qui est attribué à Monsieur. C'est à ce moment-là que Monsieur Williams commet sa première erreur : soit par vengeance, soit par appât du gain, il substitue aux tableaux, statues et autres meubles authentifiés par un expert les copies de bonne facture qu'il a fait réaliser par l'un de ses faussaires. Il garde donc le château et les originaux... Les affaires reprennent, mais le départ de l'ex-épouse tarit peu à peu la clientèle fortunée de ses relations mondaines. Le château coûte de plus en plus cher à entretenir et Monsieur Williams multiplie les week-ends à thèmes mais, ce faisant, il change de clientèle et ne peut plus se permettre les tarifs exorbitants qu'il pratiquait auparavant... L'affaire est donc moins intéressante. En outre, on peut imaginer qu'il a fait le tour de ce qu'il pouvait voler sans être repéré... Il est donc temps de changer d'air, d'autant plus que son ex-épouse a enfin pris conscience de l'escroquerie dont elle avait été victime. Toutefois, quitte à partir, autant le faire de la pire des manières. Le déménagement est organisé avec minutie. Cela se passera le week-end d'Halloween car l'hôte et ses employés seront tous déguisés, donc identifiables par leurs costumes... Pourquoi ? Pour substituer le corps d'un malheureux au sien et impliquer son ex-épouse dans son meurtre... C'est machiavélique... Il la hait... Je vais essayer d'être claire... Les sous-sols du château servent d'entrepôts au trafic de Monsieur Williams. Il y stocke les originaux en attente d'être écoulés sur le marché parallèle de l'art, ainsi que quelques copies destinées à remplacer de futurs vols. Son trafic ayant été dénoncé par son ex-épouse, il doit fuir et engage, en plus de ses complices habituels, quelques gros bras pour les aider. Premier grain de sable : la secrétaire, qui a un faible pour son patron et est très jalouse, m'exile dans les sous-sols toute la soirée du vendredi, à la grande fureur de son patron. Monsieur Williams, déguisé en loup-garou, m'intime alors de ne pas bouger et de rester près d'un banc. Pourquoi ? Pour que je n'aille pas surprendre ce que je ne dois pas voir ! Ce qui me sauve ce soir-là, c'est mon décolleté et ma mini-jupe. Une femme en bas résille ne peut pas être une menace, je suis juste une idiote qui ne comprend rien à ce qu'elle voit. Si Monsieur Williams avait imaginé une minute que j'explorerais les sous-sols en retenant le moindre détail de ce que je voyais, je crois que c'est ma tête qu'on aurait retrouvée dans le panier... Bref, Marc, vous avez eu le même doute que moi, puisque vous êtes descendu vérifier si j'allais bien...

Il hoche la tête, mais ne desserre pas les mâchoires... Ouh, le James n'est pas content... Il croyait remporter la partie plus facilement...

— Puis-je vous proposer un café, Chloé ? intervient Paul.

— Avec plaisir, Monsieur Villard...

— Paul, je vous appelle bien « Miss Marple » et je crois que je vais continuer, ça vous va très bien... Hein, Norton ?

Marc Norton grogne.

— Je te l'ai dit, elle est intelligente, bougonne-t-il. Continuez, Chloé, je suis curieux de savoir ce que vous avez compris d'autre...

Paul me tend le café, il sent bon... Je dois avoir la mine réjouie d'un chat devant un bol de lait, parce que Marc ricane. Je bois une petite gorgée et je reprends :

— Donc, Marc qui était dans les hauteurs du château a pu observer les allées et venues d'un fantôme en drap blanc qui ne correspondait ni à un acteur, ni à un joueur... C'était Monsieur Williams qui, profitant de son jeu de clés du château, organisait le grand départ. C'est lui qui a placé la tête de porc dans mon panier, se rendant ainsi compte que je n'étais pas à mon poste mais que je furetais, d'où sa colère épouvantable à mon encontre un peu plus tard dans la soirée. Cette idiote de sorcière a vu des choses qu'elle n'aurait pas dû voir... De plus, la sorcière parle avec le vampire... Vampire qui ne ressemble pas du tout à un comptable, soit dit sans vous offenser, Marc... Monsieur Williams a des doutes sur le vampire, il a des doutes sur la sorcière, qu'à cela ne tienne, il essaie de nous tuer en faisant tomber sur nous un bout de corniche. Heureusement, les réflexes de Marc nous sauvent tous les deux. Peu après, nous découvrons le corps sans tête dans la bibliothèque. Le cadavre est vu par nombre de témoins, qui pourront attester qu'il portait le costume du loup-garou...

Deuxième erreur : il manque les postiches sur les mains du cadavre. Troisième erreur : le corps est froid et légèrement humide, soit il a été stocké dans une chambre froide, soit il a traversé la forêt humide...

Marc rit, d'un rire grave et viril... Ouh, ne me déconcentre pas, ce n'est pas du jeu !

— C'est pour ça que nous sommes partis à la recherche de cette cabane en forêt...

— Eh oui, Watson, puisqu'il n'y avait pas de chambre froide, il fallait bien que cette humidité vienne de quelque part...

Paul nous observe et me rappelle à l'ordre.

— Ne vous laissez pas déconcentrer par les beaux yeux et les muscles saillants de Marc Norton, c'est sa technique habituelle. Je vous écoute, Chloé.

Du coup, je ne sais plus où j'en étais, moi... Il m'a déconcentrée... Ah oui !

— Est-ce que le meurtre du jardinier faisait partie du plan initial, je n'en suis pas certaine, mais j'en ai peur. Le jardinier était un solitaire, sans famille, vivant sur le domaine et bien peu de gens auraient signalé sa disparition... Sa corpulence pouvait passer peu ou prou pour celle du loup-garou... Une proie idéale... Pauvre homme... Bref, ils tuent le jardinier. Je ne sais pas qui, je ne sais pas comment et, franchement, je préfère ne pas savoir... Ils installent le cadavre et oublient la tête dans le cabanon. Marc l'identifie et me laisse en plan pour aller jouer les héros. Zut, j'ai oublié de vous dire que nous étions isolés. Pas de téléphone, pas de moyens de communication et les portes du parc verrouillées. J'espérais trouver un téléphone dans la cabane du jardinier, ce qui fut le cas. Je suppose que c'est à vous qu'il a envoyé le message et les photos...

Paul acquiesce d'un signe de tête. Je continue :

— Malgré les rebuffades de Marc, j'ai décidé de le suivre et j'ai bien fait, car la tête n'aurait jamais dû être vue, quatrième erreur. Elle était la preuve que Monsieur Williams était en vie, que le corps dans la bibliothèque n'était pas le sien. Le but de cet odieux personnage était de disparaître et de faire porter le chapeau à son ex-épouse. Comment ? Par la référence à la tête de porc... Toute la journée, la goule-cuisinière a raconté la même histoire à tous ceux qui venaient lui réclamer à manger... L'ex-Madame Williams était partie en laissant dans le lit conjugal une tête de porc ensanglantée. Que cela soit vrai ou pas, si cette histoire était répétée par de nombreux témoins, elle finirait par influencer les enquêteurs... Surtout si le corps disparaissait lors d'un incendie... Plus de corps, ou seulement quelques restes calcinés, plus vraiment exploitables scientifiquement ; des témoins qui affirment que la veille au soir, Monsieur Williams a été menacé au moyen d'une tête de porc ensanglantée, tout comme son ex-épouse l'avait fait au moment de son départ ; et le tour est joué : Monsieur Williams est mort assassiné par son ex-femme... Il n'a plus qu'à recommencer son trafic ailleurs, sous une nouvelle identité...

Un silence s'impose... Un ange passe, un deuxième, puis un troisième... Soudain, Marc se met à claquer des mains, suivi par Paul...

— Buvez votre café, Chloé, me dit Marc. Vous allez finir votre histoire et je compléterai...

— Si nécessaire, ricane Paul.

Marc le fusille du regard au grand plaisir de son associé... Chien et chat, c'est ça... Ils s'entendent comme chien et chat[151]...

---

[151] Paul ressemble à un bon gros toutou, Marc à un chat racé et furieux...

Chapitre 23.

Dans la vie, il faut savoir ce que l'on veut !

Paul nous quitte quelques instants, puis revient avec une assiette de biscuits. J'aime cet homme !

— Tu as déjà compris comment l'amadouer, remarque Marc.

Paul me fait un clin d'œil et je lui souris, tout en croquant dans un biscuit.

— Que puis-je dire de plus ? Ah si ! Quand Marc et moi avons été capturés par le fantôme, nous ignorions qu'il avait prévu d'embastiller toutes les personnes présentes dans le château et n'appartenant pas à sa bande. Après nous, il a enfermé tous les acteurs et tous les joueurs dans les cellules du sous-sol, et s'est donc aperçu de notre disparition juste après notre évasion... Serge, Luc et Cyrielle m'ont appris que Marc était venu les délivrer et avait fait fuir tous les prisonniers vers le grand portail, puisque les forces de l'ordre devaient venir avec de quoi briser les chaînes. Puis, vous êtes reparti me chercher dans les bois... alors que moi j'étais dans les sous-sols...

Merdouille... Je m'étais bien juré de ne pas aborder la question... mais à la tête que font Marc et Paul, je ne vais pas y couper… Marc me fusille du regard.

— Qu'est-ce que vous faisiez dans les sous-sols ? gronde-t-il.

— Eh bien, je voulais libérer mes amis…

— Ça, c'était ma mission…

— Heu, désolée, mais les « missions » n'avaient pas été clairement définies.

Il se renfonce dans son fauteuil, les bras croisés sur le torse.

— C'est donc vous qui avez assommé Monsieur Williams et l'avez enfermé dans une cellule…

— Heu… Oui…

— C'est aussi vous qui avez assommé la cuisinière et l'avez jetée dans la cuisine…

— Heu…

— Et vous qui avez précipité dans l'escalier l'un des hommes de main…

Je préfère ne même pas faire « Heu » cette fois-ci… Zut, j'en ai fait du dégât… et je n'avais même pas ma pelle…

— Et c'est vous qui avez verrouillé toutes les portes… Mais qu'est-ce qui vous a pris ?

Il m'énerve à la fin !

— Je vous cherchais ainsi que les autres prisonniers ! J'ai fait de mon mieux et vous êtes mal placé pour vous en plaindre ! D'ailleurs, quand vous m'avez dit que je n'étais pas taillée pour être votre ange gardien, c'était faux, soit dit en passant !

Paul éclate de rire. Maieuhhh, je suis sérieuse ! Il me casse mon effet, ce vilain !

— Je l'adore ! Allez, on l'adopte ! On l'associe ! s'enthousiasme-t-il.

C'est gentil, Paul, mais non merci !

— Certainement pas ! Une tête brûlée pareille !

grogne Marc.

Hé !!! Malpoli ! Moi qui l'ai sauvé, voilà comment il me remercie !

— Une tête brûlée qui vous a sauvé les fesses !

— Oui et qui a failli en mourir ! Enfin, Chloé, vous êtes une civile non entraînée qui a affronté deux criminels endurcis et tout cela pour quoi ?

— Pour vous sauver la vie ! J'ai évalué la situation et j'ai pris ma décision. Deux contre une, c'était faisable. Vous étiez assommé, ligoté, je n'allais pas tourner les talons et vous abandonner ! J'ai verrouillé la porte pour que personne d'autre n'entre et j'ai fait ce que je pouvais. Dès que j'ai vu que vous étiez réveillé, je vous ai passé le relais ! Je ne vois pas ce que vous pouvez me reprocher !

— Je vous reproche d'avoir joué avec votre vie pour me sauver !

Je ne comprends rien. Je pense que mon désarroi se voit parce que Marc prend sur lui pour se calmer.

— Je n'étais pas en danger, Chloé, j'étais conscient, je jouais l'inconscience... La partie était serrée mais, dès que les deux incendiaires auraient quitté la pièce, j'aurais trouvé un moyen de couper mes liens...

— Vous n'auriez pas eu le temps s'ils avaient mis le feu en sortant, c'est pour ça que j'ai fermé la porte à clé. Tant qu'ils étaient enfermés avec nous, ils ne mettraient pas le feu.

Une fatigue écrasante me tombe dessus d'un bloc. Je ferme les yeux, mais je ne me sens pas bien. Pourtant, le médecin a été clair : « Du repos, au calme »... Et tout ce que je trouve à faire, c'est venir m'attraper le nez avec un mâle alpha vexé comme un pou qu'une donzelle soit venue à son secours... Bien joué, Chloé.

Je sens une main se poser sur mon épaule.

— Ça va, Chloé ? demande Paul.

J'ai envie de vomir.

— Bien sûr que ça ne va pas, grogne Marc. Elle a eu une commotion cérébrale, il y a quinze jours...

Je le sens passer à toute vitesse à côté de moi.

— Ne vous laissez pas faire, Miss Marple, me glisse Paul à l'oreille. Il grogne beaucoup, mais il ne mord pas...

Je réussis à esquisser un sourire. J'entends Marc qui revient au pas de course. Il enfile quelque chose sur mes oreilles, j'ouvre les yeux et je vois qu'il m'a mis des lunettes de soleil.

— Réduction des stimuli et hydratation. Buvez un peu d'eau, Chloé. Puis, vous dormirez.

Je veux bien boire un peu d'eau, mais je pars juste après... Il m'embête, il n'est pas drôle et grogne tout le temps. Un vrai caractère de dogue[152] ! Ça me fait du bien cette eau fraîche, j'ai sommeil...

🕷 ☠ 🕸 🗡

Punaise, mais je suis où ? Il fait sombre. Je me frotte le visage pour tenter de remettre mes idées au clair. Je suis allongée sur un canapé, avec une couverture toute douce sur moi et un gros coussin dans le dos, mais quant à savoir comment je suis arrivée là... Mystère...

— Ça va mieux ?

J'essaie de faire le point, mais je n'y vois rien.

— Attendez, je vous enlève les lunettes, il fait sombre maintenant.

Marc apparaît devant mes yeux. Il fait moins sombre sans les lunettes de soleil... Oh ! Mon ! Dieu ! Quelle

---

[152] De dogue grincheux, pour être plus précise...

heure est-il ? Mes choupis ! Je me dégage de la couverture.

— Calmez-vous, Chloé, vous devez arrêter de courir partout ! dit-il en attrapant mon poignet.

— Mes choupis ! articulé-je pour seule explication.

— Vos enfants ? Cyrielle les a récupérés et s'en occupe jusqu'à ce que je vous raccompagne chez vous. Détendez-vous, tout va bien.

Il parle doucement, comme s'il avait peur de me blesser, puis, avec délicatesse, il me caresse la joue. J'ai l'impression d'être une poupée de porcelaine, ce qui ne m'est pas arrivé depuis des années... Chloé est forte, Chloé pratique les sports de combat, Chloé a mauvais caractère... Donc pourquoi prendre des gants avec Chloé ? Pourquoi être gentil avec Chloé ? Pourquoi faire attention à Chloé ? Je ne me sens pas bien. Cela fait remonter trop d'émotions d'un coup. Je veux m'en aller.

— Chloé...

Quoi ? Il m'embête à arriver d'un coup, à tout chambouler et, ensuite, plus de nouvelles...

— Je croyais que je vous plaisais...

Oh, punaise, j'ai dit ça à haute voix... Pour le coup, ça a un effet bœuf, il arrête de me caresser la joue... Mais, effet inattendu, il se jette sur mes lèvres comme un affamé de vampire ! J'évite le coup de boule de peu ! Mais, mais, mais, je ne comprends plus rien ! Je le repousse[153]...

— Vous ne me donnez pas de nouvelles pendant quinze jours, vous grognez la moitié du temps quand je vous parle et vous m'embrassez ? Mais qu'est-ce qui ne va pas avec vous, Watson ?

---

[153] Un peu, pas méchamment... Faut pas exagérer non plus !

Il se marre, carrément... Un bon rire bien franc... Je rêve !

— Vous me plaisez, Chloé, vous me plaisez beaucoup, mais votre mari pourrait utiliser une maladresse de ma part pour vous créer des ennuis, alors je tiens mes distances, c'est tout...

J'hallucine ! Le cerveau de Chloé est demandé de toute urgence dans sa tête ! Pfff, ça fait longtemps que je n'ai pas eu tous ces signaux contradictoires à gérer d'un coup ! Mon corps dit : « Jette-toi sur lui ! » ; mon cœur dit : « Fais attention ! » ; mon cerveau dit : « M'en fous ! »... Et moi ? Heu... Je ne sais pas, je suis perdue... J'ai envie de l'embrasser, mais j'ai peur que Pierre-Marie ne soit tapi quelque part à essayer de rejeter la faute du divorce sur moi et, en même temps, je me dis que mon futur ex-époux n'a pas besoin de savoir ce que je fais !

Je me lève, jette un coup d'œil alentour, pas de fenêtre, juste une porte. Chouette, la clé est dessus. Je verrouille la porte à la grande stupéfaction de Marc. Il est debout, un peu penaud... Alors, James, on ne sait plus sur quel pied danser ? Je m'approche de lui, saisis sa cravate et l'oblige à se baisser vers moi.

— Fais juste attention à ma tête.

Je vous laisse là, le reste ne vous regarde pas[154] !

---

[154] Pas la peine d'insister, je suis occupée...

Les plans de survie de Chloé[155]

Version finale – Post Halloween apocalyptique

Plan A : Silence et observation **(ok)**.

Plan B : Focus et concentration **(ok)**.

Plan C : Éducation et savoir-vivre (ne pas voler le lit d'autrui...). **(Si c'est James Bond, si !!!)**.

Plan D : Éducation et savoir-vivre (ne pas faire pipi dans sa culotte quand on trouve un macchabée qui pue ou qu'on est étranglé par une brute...) **(J'ai tenu bon, je suis fière de moi)**.

Plan E : Bien choisir son Watson ! **(ou son James ! et le séquestrer pour obtenir ce que vous voulez !** [156]**)**.

Plan F : Survivre... **(Mission accomplie ! Youpi !)**.

Plan G : Heu... **(Classé X)**

Épilogue.

Échec et mat !

Je vous vois venir, vous vous dites : « Elle est bien gentille, la petite Chloé, mais on ne sait toujours pas quel mot il fallait trouver dans le jeu des énigmes ! ». Comme j'ai deux minutes, je vais vous répondre[157]. Nous en étions restés à :

- Sur la galerie des chimères, je veille : Stryge.
- Âme vagabonde, j'erre non loin de ceux que j'aimais : Revenant.
- Colosse à l'appétit insatiable, je dévore les enfants : Ogre.
- Géant des montagnes du nord, je hais les hommes : Troll.
- Âmes viciées des rois du temps passé, nous le cherchons : Nazgûl.

Il restait donc :

- Démon, je t'étouffe la nuit quand tu dors : celle-ci m'a donné du mal, mais je me suis souvenue que certains démons étaient

---

[157] Je suis sympa quand même !

supposés entre autres[158] se tenir accroupis sur la cage thoracique de leurs victimes : les incubes ! Vous pouvez en voir une illustration dans le tableau « Le cauchemar » de Johann Heinrich Füssli (1802).

● Plus rapides que le vent, nous dévastons et nous vengeons : la réponse m'est apparue quand le loup-garou m'a traitée de « harpie » alors que nous tirions chacun d'un côté de la porte de la cellule ! Les Harpies, mi-femmes, mi-oiseaux, étaient les divinités de la dévastation et de la vengeance divine ! Merci saleté de loup-garou !

● Couronné d'escarboucle, je tue : alors là, je dois avouer qu'une fois chez moi, j'ai regardé sur internet, parce que je donnais ma langue au chat ! Figurez-vous qu'il s'agissait d'un serpent monstrueux : l'Aspic !

Nous avons donc : Stryge, Revenant, Ogre, Troll, Nazgûl, Incube, Harpies et Aspic ! Est-ce que vous voyez le mot à découvrir maintenant ? Je vous aide, il ne s'agit pas de « monstre »... Non ? Toujours pas ? Et si je vous dis de vous concentrer sur les initiales ? Ça vient ? Regardez, nous avons : SROTNIHA... Dans l'ordre, TRAHISON... Quand je vous disais que le loup-garou était obsédé par la vengeance ! Même dans son jeu, il rappelait que sa femme l'avait trahi (selon lui), ce qui justifiait (toujours selon lui) d'essayer de la faire accuser de son meurtre factice... Un gros pervers

---

[158] Je dis entre autres car les incubes (démons mâles) et les succubes (démons femelles) abusent sexuellement de leurs victimes endormies pour les vider de leur énergie... Beurkkk ! Sales créatures !

ce loup-garou, dans tous les sens du terme !

— Qu'est-ce que tu fais ? murmure Marc encore endormi en ouvrant un œil.

— Je résous des énigmes !

Il grogne en s'étirant dans le lit et m'attire soudain à lui. Désolée, le devoir m'appelle[159] !

Fin

---

[159] La légende dit vrai : c'est vorace un vampire !

PS : Vous vous souvenez que mon Phiphi me demandait ce que signifiait « être habillé comme un sac » ? Eh bien, j'ai le fin mot de l'histoire, c'est mon charmant mari qui disait cela de moi devant les enfants en téléphonant à sa maîtresse (ma meilleure amie... qui ne l'est plus)... Parfait ! Du coup, avec Marc, je ne porte plus rien, ça règle le problème !

PSS : J'espère que mon abruti d'ex va en faire une jaunisse !

PSSS : Merci d'avoir lu mes élucubrations jusqu'au bout, vous avez bien du mérite ! Bisous, bisous !

Table des matières

Chères lectrices, chers lecteurs,
Si vous avez aimé l'histoire de Chloé, je vous invite à
laisser un commentaire (gentil de préférence ☺) sur
Amazon, Babelio et tout autre endroit du net où
d'autres lecteurs pourraient découvrir mon travail !
D'avance un grand merci !

À très bientôt pour de nouvelles aventures !

Delphine

Si vous voulez suivre mon actualité :
http://www.delphinemontariol.com/
https://www.facebook.com/delphinemontariol.auteur/
https://www.instagram.com/delphinemontariol.auteur/

**À bientôt
pour une nouvelle enquête de Chloé !**